B. Lettres.

Cat. de Nyon 1843S.

ATHYS,

POËME PASTORAL.

DEDIE'

A SON ALTESSE ROYALE

MADEMOISELLE.

A PARIS,

Chez **GVILLAVME DE LVYNE**,
au Palais, fous la montée de la Cour des Aydes.

M. DC. LIII.
Auec Priuilege du Roy.

AV LECTEVR.

’AY entrepris vne chofe nouuelle en fa maniere, & par confequent douteufe en fon fuccez; comme i’en puis efperer plus de gloire, i’en dois apprehender plus de blâme. Ie ne penfe pas que dans tous les Autheurs modernes on puiffe trouuer vn ouurage de la nature de celuy-cy, & ceux qui ont plus d’eftude que moy fçauent qu’il n’y en a point parmy les anciens qu’on puiffe m’accufer d’auoir copié, au moins ne m’en fuis-ie propofé aucun pour exemple. I’ay fuiuy les regles du Poëme Epique pour la difpofition du fuiect, pour ce qui concerne les Epifodes, & pour ce qui regarde l’vnité de l’année. Ayant creu que le ftile en deuoit eftre Paftoral, i’ay conformé le mien autant que ie l’ay pû aux Bucoliques de Theocrite & de Virgile, c’eft à dire autant que l’on peut aprocher de ces grands hommes: Mais fans leur vouloir rien dérober, & croyant que

ã ij

PREFACE.

toutes les langue peuuent auoir leur energies & leurs
graces, i'ay esté plus temeraire dans l'imagination;
Quoy que ie porte beaucoup de respect à tout ce qui
nous est resté de l'antiquité, ie n'ay point voulu en vser
comme ceux qui ont escrit parmy nous iusques-icy,
à la reserue de Monsieur le Marquis d'Vrfé. l'ay
taché de faire à peu prés en Vers ce qu'il a fait en Prose;
il a annobly son Pays de Forest comme les Grecs ont
fait leur Arcadie; & i'ay voulu rendre le mesme hom-
mage au lieu de ma naissance, auec cette difference
toutefois que i'ay crû que mes imaginations ne de-
uoient pas estre tout à fait semblables aux siennes.
Ayant dessein de les traiter en Poësie, i'ay crû les deuoir rendre plus fabuleuses, & c'est pour cela que i'ay
voulu finir par vne Metamorphose, mais autant que
la Poësie peut exiger de vray-semblance, & de circon-
stances dans la narration, i'ay taché de l'obseruer.
l'ay establly mes fictions sur ce que la tradition ancienne iointe à l'estat present des lieux a pû m'en inspirer.
Ces lieux gardent encore les noms des Bergers & des
Nymphes dont ie parle, & de tous les personnages qui
sont introduits dans cét ouurage, il n'y en a aucun dont
le changement ou l'auanture ne soit conforme à la
Topographie que i'ay choisie pour Scene. Ceux qui
auront quelque connoissance de cette Carte en des-
couuriront peut estre mieux la finesse, comme ce feront
ceux aussi desquels i'auray plus à redouter ce mespris

qui vient quelquefois des chofes trop connuës. C'a
efté pour cette derniere raifon que quoy que i'euffe
bien pû faire la mefme chofe aux enuirons de Paris, i'ay
aimé mieux pouffer mes imaginations plus loin, outre
que ie ne defauouë point que s'il eftoit en mon pouuoir
d'annoblir quelque contrée, ie choifirois fans doute
celle où ie fuis né. I'eftime que la raifon nous obli-
ge à cela, & par l'experience que tout le monde en
peut faire, l'on eft toufiours plus capable d'eftre touché des lieux où l'on a paffé fa premiere, ieuneffe que
des autres où l'on ne fe rencontre que par hazard.
L'ORNE eft defia celebre par les Vers de Monfieur
de Malherbe, & l'Ethymologie qu'on fait fur le mot
de *CADOMVS*, qui eft le nom latin de la ville
de Caën, par laquelle on veut qu'elle ayt efté baftie
par Cadmus, ou que fon Chafteau ayt efté autrefois
la Maifon de Cefar, eft defia receuë de tous ceux qui
recherchent l'origine des chofes, & celebre dans plu-
fieurs beaux ouurages des fçauans hommes que cette
ville a produits. C'eft pour l'intelligēce du refte que i'ay
trouué à propos de faire appliquer la Carte du Pays dãs
la premiere page, quoy que neantmoins i'aye tafché de
rendre la chofe auffi claire, & auffi intelligible par
elle mefme qu'il me l'a efté poffible, & ie ne la croy
pas plus obfcure que les Fables des Grecs ou des Latins. L'Epifode des deux Riuieres d'AVRE & de
DROMME n'a pas non plus befoin de grande ex-

ā iij

PREFACE.

plication. Le gouffre où ces deux Riuieres se perdent dans terre sans paruenir iusqu'à la Mer est marqué dans toutes les Cartes, comme ce celebre plongeon que fait la grande Riuiere de Guadiana en Espagne, & ie ne dis cecy que pour l'intelligence des Dames qui ne sont pas obligées de sçauoir toutes les particularitez de la Carte de la basse Normandie.

Au reste quoy que tout ensemble cét Ouurage n'aye aucun modele parmy les Anciens, ny parmy les Modernes, ie puis pourtant bien dire, qu'en détail il n'y a aucune partie dont ce tout est composé, qui n'ait son exemple dans les plus fameux Autheurs. Les Grecs & les Latins ont tousiours pris leurs Fables chez eux, & souuent mesme en ont tiré leurs comparaisons; Et si Virgile nous veut bien faire croire que Gayette estoit le nom de la Nourrice d'Enée, que le Mont Missene est le tombeau de son Trompette, & que le Promontoire Palinure est celuy du Patron de son Nauire; l'ay creu qu'il n'y auoit pas plus d'incongruité de feindre qu'ATHYS, ARDENE, & MARCELET, & les autres noms qui sont inserez dans cét ouurage ont esté des Pasteurs, des Bergeres, ou des Nymphes qui ont vescu autrefois sur les riuages de l'ORNE. Cette allegorie s'est heureusement trouuée conforme à ces dénominations, & à leur situation. Le choix qu'il m'a fallu faire de ces noms m'a donné vn peu plus de peine, parce que nostre langue est si en-

PREFACE.

nemie des baſſeſſes , que ce qui nous eſt familier en
peut ayſément eſtre ſuſpeȼt. La force de l'Epithete &
les Vers que i'ay taſché de releuer le plus qu'il m'a eſté
poſſible en ces endroits , m'ont aydé à éuiter cét in-
conuenient autant que i'ay pû m'en ſeruir ſelon mon
peu de force. Voila, Lecteur, tout ce que i'auois à te
dire, ie ſoûmets à ton iugement les ſentimens & les
Vers. Ie t'auertis ſeulement que ſi i'ay fait Sanglier de
trois ſyllabes, & Meurtriere de quatre contre l'vſage
de ceux qui m'ont precedé, & de beaucoup de grands
Poëtes qui eſcriuent auiourd'huy, ce n'a pas eſté man-
que de le ſçauoir. Ie ne ſuis pas ſeul qui en a vſé ainſi;
mon opinion a ſes Partiſans, & les regles de noſtre
Poëſie ne ſont point tellement fixes, que par les exem-
ples que nous auons des Poëtes qui ont eſcrit depuis
François premier, on ne puiſſe remarquer que de
temps en temps il y a touſiours eu quelque changemēt,
comme on le peut voir par ce mélange reglé des maſ-
culins, & des feminins, que Marot ny S. Gelais n'ont
pas trop obſerué, & par ces cacophonies ſi frequen-
tes dans les ouurages de Ronſard, & de ſes contem-
porains.

Si tu trouues auſſi qu'apres le changement du Berger, & de la Nymphe ie m'arreſte, ce ſemble, vn peu
trop long-temps, ſouuien-toy que ces vengeances que
ie dis que les Dieux prirent de la mort du Berger ſont
de mon ſuiet, & que i'en parle en ma propoſition.

PREFACE.

I'oubliois à te dire que ie prens ces noms de Nymphes & de Bergers à la maniere de l'Aftrée, donnant à entendre par celuy de Nymphes les Princeffes, & les Dames d'eminente condition : comme par celuy de Bergers, les perfonnes priuées, ou les Gentils-hommes. A D I E V. Supplée aux fautes de l'impreffion, il y en a de fi groffieres que ie ne fçaurois prendre la peine de m'en iuftifier, & tu feras capable de corriger les autres fi tu es capable de les remarquer.

ATHYS,

Dromme R
Grotte du Soucy
B
Montagne de Caumont
Aure R
Seule R
Odon R
Aris
Odon R
Bois d'Ardene
MER
CAEN
Marcelet
Temple de Pomone
Orne riuiere
Guigne ruisseau
Orne riuiere
Athys
Calis
Orne R
Colombelle
Cormel
D
Fontaine de Cleronde
Temple de Diane
C
E
Ch. de Marmion
Laise R
MER
Diue R
A
Diue R
Seine R
M. d'Erene
A. Athys descouure sa passion a la Nymphe Isis
B. le Dieu d'Aure aparoist au berger Athys
C. Athys retrouue Isis, Ardene l'escoute
D. Athys est tué au passage de la Riuiere d'Orne
E. Methamorphose d'Athys et d'Isis
ATHYS
Poeme Pastoral
1653

ATHYS
POËME PASTORAL

CHANT PREMIER.

V N aymable Berger, dont les doux Chalu-
    lumeaux
    Autrefois ont esté l'honneur de nos hameaux,
    Ie chante le destin, & par quelle auanture
Sa Nymphe & luy iadis changerent de figure ;
Et paroissent encor l'vn de l'autre amoureux,
En arbres tousiours verds , mais tousiours malheureux ;
Le symbole parfait des amants veritables
Bien rarement constants sans estre miserables.
Ie chante le terrible & iuste chastiment
Des lasches ennemis de ce fidelle Amant.   [cle,
L'ORNE encore auiourd'huy fait voir ce grand Mira-
Tant il est dangereux, Amour, de faire obstacle

A ÿ

Aux innocens esprits, qui viuant sous ta loy
Ne reconnoissent point de plus grand Dieu que toy.

 Doctes sœurs d'Apollon que mon labeur reclame,
Faites qu'heureusement i'en dispose la trame,
Que ie raconte tout selon l'ordre, & le temps,
Comme me l'ont appris nos plus vieux habitans;
Et propices, venez chasser les noires ombres,
Dont pourroïet m'embroüiller les ans espais, & sombres.

 Mais toy le plus puissant de tous les Immortels,
Toy, dont depuis long-temps i'encense les Autels,
Grand Dieu, qui sur mon cœur depuis que ie respire
As presque tousiours eu le souuerain empire,
Apres t'auoir donné les plus beaux de mes iours,
Amour, me pourras tu desnier ton secours?
Ie ne demande pas qu'vne nouuelle flame
Par tes traits redoublez vienne embraser mon ame;
Non, ie ne veux de toy, que les mesmes soûpirs,
Les plaintiues langueurs, & les ieunes desirs,
Qui dans mon amoureuse, & triste destinée
Font l'vnique entretien de mon ame enchaisnée;
Mesmes, si quelquefois mon Berger amoureux
Trouue en son fier destin quelque moment heureux,
Sans toy si tu le veux ie le puis bien descrire;
Comme enfin tu touchas l'objet de son martyre;
Fléchy l'aymable obiect, qui me tient sous sa loy;
Vn soûpir de son cœur y fera plus que toy.
Et qu'elle ne doit pas estre cette peinture
Quand ie la conceuray comme mon auanture?

Merueille de la France, ornement de la Cour,
Des Peuples le defir, des Monarques l'amour,
Vray fang du grand HENRY, belle & fiere Amazone,
A qui du monde entier deuroit s'offrir le Trofne,
Mon loifir criminel au fond de nos deferts
Rougit en vous offrant ces champeftres concerts.
La gloire de GASTON & de vos grands Anceftres,
Par moy deuroit monter au deffus de nos Heftres,
Et voftre Nom fameux fur l'aifle de mes vers
Deuroit auoir defia couru tout l'vniuers.
Mais, PRINCESSE, il faudroit que ma voix fuft plus forte
Pour feconder l'ardeur qui defia me tranfporte;
Qu'Appollon me fouftint, & qu'il remplift mon fein
D'vn feu, qui refpondit à mon noble deffein.
Auant donc, que ie puiffe à la haute Trompette
Changer les fons plaintifs de ma foible Mufette,
Daignez prefter l'oreille à ma ruftique voix,
Et ne mefprifez point nos ruiffeaux & nos bois.

    Du grand Virgile, ainfi le chant graue, & fluide
N'entreprit pas d'abord fa pompeufe Æneide;
Ainfi du pefant faix de tout cét vniuers
Se délaffoit Augufte en fes ruftiques vers,
Et s'y monftra propice auant que ce grand homme
Chantaft fes grands Ayeux, & les hauts murs de Rome.
    SVR les riues de l'ORNE, vn Berger amoureux
Soûpiroit à l'écart fon deftin malheureux.
Au pied d'vn haut rocher creufé par la nature,
Au plus fauuage lieu d'vne foreft obfcure,

A iij

Par ses lugubres cris, & par ses tristes pleurs
Il taschoit d'exhaler ses cuisantes douleurs.
ATHYS estoit son Nom, sa douce melodie
Eust pû le disputer aux concerts d'Arcadie;
De toute la contrée il estoit l'ornement,
Sage & discret Berger, & plus discret Amant.
Pour ses maux qu'il vouloit sur tout rendre inuisibles
Il n'estoit point de lieux assez inaccessibles;
Il fuyoit les tesmoins, & se cachoit au iour;
Mais peut-on quelquefois se cacher à l'Amour.
Ce Dieu dans nos vergers, & dans nos pasturages,
Alors, comme auiourd'huy, faisoit mille rauages.
De tout ce qui viuoit en ces lieux pleins d'attraits,
Il estoit peu de cœurs rebelles à ses traits:
Mais le Berger ATHYS, & la Bergere ARDENE
Soûpiroient entre tous vne cruelle peine.
Tous deux d'vn pareil traict se virent enflammez,
Tous deux aimoient beaucoup, & n'estoient point aimez,
Car la Bergere enfin dans son cruel martyre
Soûpire pour ATHYS, qui pour ISIS soûpire.
Partout elle le suit, & ne s'apperçoit pas
Qu'elle est comme son ombre attachée à ses pas.
Les mespris du Berger, & sa farouche fuite
Ne pouuoient rebuter sa constante poursuite.
Mille fois dans nos prez, dans nos bois, dans nos champs
Par ses tristes regards, par ses discours touchans,
Tousiours sans aucun fruit du Berger insensible
Elle auoit combattu la rigueur inuincible.

Son amour obstiné ne se peut empescher
De le poursuiure encore au creux de ce Rocher;
Et s'y croyant plus libre. Ah! bel ATHYS, dit-elle,
Es-tu né pour n'aimer, que ton humeur cruelle;
Et qu'a de si charmant ce sauuage sejour
Qui vaille mieux qu'vn cœur que t'acquerroit l'amour?
Certes, quoy que le mien qui t'adore, & qui t'ayme,
Insensible Berger, cent fois plus que luy mesme,
Aymast mieux mille fois estre arraché par toy,
Que de t'en voir aymer vn autre plus que moy;
Peut-estre la douleur, dont ie serois saisie
Se pourroit alentir malgré ma ialousie;
Si ie voyois, qu'vn iour t'estant laissé charmer,
Tu connusses au moins ce que c'est que d'aymer.
Sur tout si ton vainqueur t'estant inexorable,
(Si toutefois quelqu'vne en peut estre capable)
Vn iour ie t'oyois dire en ton pressant soucy
Ie te fuyois Bergere, & tu m'aymois ainsi.

    C'est ainsi, que parloit la malheureuse ARDENE
Mais ignorant encor la moitié de sa peine,
Et ne connoissant pas, que ses soins superflus
Demandoient au Berger vn cœur, qu'il n'auoit plus;
Tant son respect Tyran de ses flames discretes
Estoit industrieux à les tenir secretes.
Aussi sans se vouloir expliquer autrement,
Il ne luy respondit qu'en ces mots seulement.
    ARDENE, laisse-moy dans ce lieu solitaire,
Et ne demande point ce que ie viens y faire.

Soit qu' Amour de ſes traits ne me puiſſe charmer,
Ou bien que i'ayme ailleurs ; ie ne te puis aymer.
Pourquoy veux-tu par force arracher de mon ame
Vn aueu, qui tous deux nous rend dignes de blaſme ?
S'il t'eſt honteux d'aymer ce qui ne t'ayme pas,
Sans honte ie ne puis meſpriſer tes appas ;
Mais ie l'aymerois mieux , que par de vaines feintes
Donner plus de raiſon à tes iniuſtes plaintes ;
Tu ceſſeras vn iour de te plaindre de moy,
Et ſçauras, que ie ſuis plus malheureux que toy.

   Ah ! Berger, reprît-elle, en peut-il eſtre au monde
Voyant le peu d'eſpoir où mon amour ſe fonde,
Et qu'enfin ie deuiens à ton cœur meſpriſant ,
Pour te vouloir trop plaire, vn obiet deſplaiſant.

   Ah ! farouche Berger deuiens plus raiſonnable ;
Quoy pour t'aymer beaucoup en ſuis-ie moins aymable ?
Ie me conſiderois dans l'ORNE l'autre iour,
Et mon viſage encor peut donner de l'amour ;
Mille & mille Bergers m'ont offert leurs franchiſes,
Ie les meſpriſe tous pour toy qui me meſpriſes ;
Mais vne autre doit-elle enfin te conquerir
Pour te faire acheter ce que ie viens t'offrir ?
Qui plus que moy d'agneaux a dans ſa Bergerie ?
Mene plus de troupeaux dans la grande Prairie ?
De plus riches moiſſons void ſes guerets iaunis,
Ses vergers plus ſouuent de Pomone benis,
Et peut plus ayſément, diſpoſant de ſon Pere,
En diſpoſer au gré de qui ſçaura me plaire.

ARDENE

ARDENE espand en l'air ces propos superflus,
Ne s'apperceuant pas qu'*ATHYS* ne l'entend plus.
Cependant eschappé par vne prompte fuitte
La forest le dérobe à sa vaine poursuitte.

   Il la fuit, on le fuit ; il charme, il est charmé ;
Ainsi le veut Amour, on ayme, on est aymé ;
Mais combien rarement, tant on est miserable,
Se trouue t'on aymé, de ce qu'on trouue aymable.
Son mal n'estoit pas moindre, & l'on en peut iuger:
Il aymoit vne Nymphe & n'estoit qu'vn Berger.
Mais quand il eut fallu languir sans esperance
De mespris eternels voir payer sa constance,
Et de mortels ennuis se laisser consumer,
Il le pouuoit plustost que viure sans l'aymer.
L'amour mesme est le but d'vn amour veritable,
Pour aymer il suffit que l'objet soit aymable,
Et sans doute il n'est pas si mal aisé d'auoir
Beaucoup de passion auecque peu d'espoir.

   Ses Brebis de langueur seiches, & déperies
A la mercy des loups erroient par les prairies ;
Les fruicts de ces vergers aux arbres pourrissoient,
Ses iardins negligez, tristement languissoient;
Hors ces verds orangers à la fleur si charmante,
Celle de ces iasmins si douce, & si plaisante,
Que son soin curieux gardoit de se flestrir
Dans l'espoir qu'à sa Nymphe il en pourroit offrir.
De steriles chardons ses moissons estouffées
En herbe iaunissoient ou sechoient eschauffées,

                                        B

Quelquefois s'il femoit, c'eſtoit hors de ſaiſon
Et laiſſoit aux oiſeaux à faire ſa moiſſon;
Tant ſon eſprit troublé de ſon amour extreme
Auoit perdu le ſoin de ſon intereſt meſme.
Heureux lors que ſuiuant ISIS parmy ces bois,
Compagnon de ſa chaſſe, il pouuoit quelquefois
Marcher tout tranſporté ſur ſes traces diuines;
D'vn fort pour ſon paſſage écarter les eſpines;
L'entendre de ſes cris, ou du cor quelquefois,
Animer de ſes chiens la genereuſe voix;
D'autrefois l'écouter diſcourir ſur les queſtes;
Ou lors qu'à ſes regards courant apres les beſtes,
Quelque cheute propice, ou ſa trop prompte ardeur
D'vn bras ou de ſa gorge expoſoit la blancheur;
Luy faiſoit de ſa iambe admirer la figure,
Ou d'vn pied ſi bien fait l'agreable ſtructure?
Mais ce leger plaiſir, & ces vaines faueurs
N'eſtoient pas pour guerir de mortelles langueurs.
Quoy qu'en ſa fantaiſie vn vain eſpoir propoſe
A qui ſe meurt d'amour, il faut toute autre choſe.
De deſcouurir auſſi tout le mal qu'il ſentoit
C'eſtoit mettre en hazard le bien qui luy reſtoit;
Car la Nymphe pouuuoit au recit de ſa plainte
De haine ou de pitié ſentir ſon ame atteinte;
Si bien que balançant ſa crainte, & ſon eſpoir
Il craignoit d'en mourir, ou de ne la plus voir.
Il n'en guerira point s'il cele ſon martyre;
Mais il ſera banny, dés qu'il l'oſera dire;

S'il pouuoit tout gaigner il pouuoit perdre tout;
Vn cœur mal-aiſément en ce point ſe reſout.

   Deſia par trois hyuers la bruſlante froidure
Auoit priué nos Bois de leur belle verdure,
Et le troiſieſme Auril ennemy des glaçons
Ramenoit des Oyſeaux les diuines chanſons.
Depuis que ce Berger accablé de ſes chaiſnes
Souffroit ſans en parler de ſi cruelles peines.

   La Nymphe qui par tout le void ſuiure ſes pas
Croid que pour luy la chaſſe a les meſmes appas;
Et ne prend ſes deuoirs, & ſes conſtans ſeruices,
Que pour vn ſimple amour de ſes doux exercices.
Cent fois ſes yeux pres d'elle en verſerent des pleurs,
Et plaintifs, & mourans firent voir ſes douleurs;
Surpris plus de cent fois de la trouuer ſi belle,
Il paſlit, il rougit, & trembla deuant elle;
Mais le reſpect en vain veut touſiours commander,
L'Amour le plus ſoûmis ne peut touſiours céder;
Toſt ou tard il s'eſchape, & ſçait prendre ſon heure,
Et ſur tout quand il faut, que l'Amant parle, ou meure.
Sans doute AHTYS n'euſt pû dans cette occaſion
Luy refuſer ſa voix, qu'à ſa confuſion.

   D'vne indiſcrette ardeur la Nymphe encouragée
Contre vn grand Sanglier au combat engagée,
Ayant briſé ſon dard, hors d'eſpoir de ſecours,
Taſchant d'vn ſeul tronçon de defendre ſes iours,
Au lieu le plus deſert de la foreſt obſcure,
Alloit tragiquement finir ſon auanture.

B ij

Quand l'amoureux Berger par ses cris appellé,
Vint, la vit, & soudain au combat fut meslé ;
Et plus soudain encor de la cruelle beste
Au bout de son espieu luy presenta la teste;
Mais seduit par l'accueil qui sa flamme enhardit
En ce moment fatal son respect se perdit.

Ah Nymphe luy dit-il, l'ame d'amour rauie
Que mon bon-heur est grand de vous sauuer la vie ;
Mais quel malheur le suit si dans mon triste sort
Vous n'allez l'employer qu'à me donner la mort.
Ah! Nymphe trop aymable au moins si ce seruice
Merite de vous voir vn moment plus propice,
Vous sauuant du peril, qui menaçoit vos iours,
Las songez à celuy, que sans cesse ie cours ;
Voyez l'abysme affreux, où ie me precipite,
Voyez ce qui m'attire, & si ie ne merite,
Que vostre cœur esmeu pense à m'en retirer,
Du moins portez vos yeux à le considerer.

De son estonnement à peine reuenuë,
Et d'vn trouble nouueau la belle ISIS esmeuë,
Mais moins par son discours, que par son grãd transport,
Ne reprît ses esprits qu'en se faisant effort;
Et dans son innocence, & simple, & naturelle:
Quelle abysme Berger, ou quel peril dit-elle.
Helas! interrompit aussi-tost ce Berger,
Vn abysme attrayant où se sent engager,
Quiconque comme moy de passion capable,
Attiré par l'aymant d'vn charme inéuitable,

Incensé, temeraire, aueugle, audacieux,
Sur vos diuins appas ose leuer les yeux.
Vn precipice aymable, ou depuis trois années,
Mon ame & ma raison se iettent obstinées.
Vn peril que ie veux, & ne puis éuiter;
Quand tourmenté d'vn mal, que ie sens irriter
Par l'extreme respect qui le retient sans cesse,
Forcé comme à la gesne, il faut que ie confesse;
(Quand l'aueu m'en deuroit faire perdre le iour)
Nymphe, que vos beaux yeux me font mourir d'amour.

Moins semblable à luy méme en sa mortelle trance,
Qu'au pasle criminel attendant sa sentence,
A ces mots il se teut, tremblant, blesme, interdit,
Se repentant desia de ce qu'il auoit dit;
Et n'osant seulement leuer les yeux sur elle;
Certain que de ses feux l'audace criminelle
Ne liroit sur son front auparauant si doux,
Qu'vn triste arrest de mort écrit par son courroux.

Mais qui pourroit aussi de la Nymphe seuere
Exprimer le dédain, l'orgueil & la colere ?

Ne sentant rien encor d'Amour, ny de ses traits,
Et ne le connoissant, que par ces noirs portraits,
Que d'ordinaire en font dans leurs vaines chimeres
Les Marys défians, & les fascheuses Meres.
En son estonnement semblable au voyageur,
Qui sur l'herbe couché pour passer la chaleur,
S'endort, & s'éueillant voit proche de sa teste
La Couleuure dresser sa venimeuse creste;

B iij

A peine elle conneut ce Berger amoureux,
Que ne le regardant, que comme vn monstre affreux,
Viste elle s'en éloigne, & de frayeur émeuë,
Sans oser seulement sur luy tourner la veuë;
Va, dit-elle, Berger, va bien loin de ces lieux,
Et cesse pour iamais de t'offrir à mes yeux.

Fin du Premier Chant.

CHANT DEVXIESME.

DOCTE & superbe Grece, & toy belle Italie,
Que tant de beaux Esprits ont encore embellie;
Vous, qui mesprisez tout, altieres Nations,
Qui vantez seulement vos propres fictions,
Et seules presumez auoir esté capables
De rendre à vostre gré les choses memorables;
Apprenez, que les Dieux nous aimant comme vous,
Ont aussi quelque fois habité parmy nous;
Et qu'Amour en tous lieux si fecond en merueilles,
Y fournit amplement de matiere à mes veilles.

Cependant, que mon Roy, qui malgré le Turban
Doit par son grand destin applanir le Liban,
S'en va mettre au dessus du Scamandre, & du Tybre
La Seine, qui bien tost rendra le Iourdain libre;
I'ose bien me vanter Fleuues, Bois, & Vallons
Où i'ay fait retentir mes premieres Chansons,
De rendre vostre gloire heureuse & fortunée
A l'égal des beaux lieux qu'arrose le Penée,
Où ces fleuues en Grece autrefois tant vantez,
Par les Cygnes fameux qui les ont frequentez.

Cette longue Cité, qui celebre, & superbe
Entre ses Citoyens conte le grand Malherbe,

Et qui peut estre encor (si ie ne me deçoy)
Pourra rien quelque iour se souuenir de moy.

   C A E N, qui par son assiette agreable, & plaisante,
Par son air tousiours pur, sa demeure riante,
Par ses prez, par ses eaux, & par mille beautez,
Iustement le dispute aux plus nobles Citez;
Caché sous sa matiere en ses propres entrailles,
N'auoit encore rien de ses fortes murailles,
De ses Temples fameux, de ses grands bastimens,
Et de tant de diuers & riches ornemens.

   Cette massiue Tour par quatre autres flanquée,
Qu'en vain ses ennemis ont tousiours attaquée,
Ce Chasteau redoutable, & ses fermes ramparts,
L'ouurage & le Palais du premier des Cesars,
Ne pressoient point encor leurs fondemens solides;
Et le riant aspect de tant de Pyramides,
Qui iusques dans les Cieux s'éleuent à present,
N'offroient point à la veuë vn iobiect si plaisant.

   C A D M V S, qui las d'errer apres sa Sœur rauie,
Et de l'auoir en vain si long-temps poursuiuie,
Estant en fin venu dans ces aymables lieux,
S'y voulut délasser de ses soins ennuyeux ;
Qui du peuple voisin trouuant l'humeur docile
Fit premier le dessein d'y bastir vne ville;
D'vne estroite muraille, & d'vn foible fossé
Seulement pour enceinte auoit le plan tracé.

   Quelques toicts ramassez, vers cét endroit où l'ORNE
Diuise en deux canaux son eau paisible, & morne;

Sans

Sans ordre, sans hauteur, & se sentant encor
De la simplicité de l'heureux aage d'or,
Dont iusqu'à lors ces lieux conseruoient l'innocence ;
Composoient vn obiect d'assez peu d'apparence.
Mais qui peut s'affranchir de l'Empire du Temps?
Et que ne changent point les siecles inconstans?

   Plaine, qui maintenant si riche, & si fertille
T'étends bien loin au long de ce Fleuue tranquille,
Et que comme vn tresor paroissent enfermer
L'Orne, Laize, & la Diue, & les flots de la Mer;
Le soc du Laboureur ne t'auoit point brisée,
Tu n'estois point encore en sillons diuisée,
Et ce Peuple des Bois, qu'en tes fertiles champs
Le gain de la moisson attire tous les ans,
Du long de tes guerets en la saison ardante,
N'auoit point promené sa faucille tranchante.
Au lieu de tant d'épics, Forest sombre autrefois,
Tu donnois seulement de l'ombrage & du bois;
Et la mesme Forest seroit encor peut-estre
Sans l'insigne forfait de son iniuste Maistre,
Dont la punition a laissé dans ces lieux
D'eternels monumens de l'equité des Dieux.

   Le cruel Marmion Roy des Plages Bessines
Possedoit ces Forests, & les plaines voisines,
Et sous sa dure loy tenoit encor soûmis
Ces Peuples que Cadmus auoit faits ses amis,
(Soit qu'il fust faux ou vray) flattant son arrogance
Que de ce grand Heros il tiroit sa naissance.

C

Vn vieux Chasteau détruit, ou de sales plaisirs
Il alloit assouuir ses infames desirs,
Caché sous vn amas de ronces, & d'épines
Garde encore auiourd'huy son nom en ses ruines:
Heureux si conseruant ce triste souuenir
Il eust caché son crime aux siecles à venir.

Ce lieu que rend fameux sa funeste auanture
Estoit dans le milieu de la forest obscure,
Où la charmante ISIS alloit prendre le frais,
Alloit courre le Cerf, alloit tendre des rets;
Et souuent visitoit loin du peuple profane
Vn Temple qu'en ces bois auoit alors Diane.

Ce Roy depuis long-temps pour sa rare beauté
De fureur & d'amour estoit tout transporté,
Mais à la Nymphe aussi qui n'eust rendu les armes?
Ce ne furent qu'attraits, ce ne furent que charmes,
Les Graces en sa bouche, & l'Amour en ses yeux
Auoient mis auec soin tout ce qu'ils ont de mieux:
Nature si souuent auare ou malheureuse
Formant ce beau chef-d'œuure en deuint amoureuse,
Et prodigue y ioignit par de charmants accords,
Tout ce qui fait aimer, & l'esprit, & le corps:
Et mesme la fortune iniuste & mercenaire
Cette fois cessa d'estre à la vertu contraire;
Car la Nymphe auoit lieu de ne l'en point blasmer
Si ses plus riches dons eussent pû la charmer.
Mais n'aimant que les bois cette ardeur innocente
De toutes passions l'eust maintenuë exempte,

Si du cruel Tyran les iniustes desirs
N'eussent souuent troublé ses innocens plaisirs.
    Ce Monarque odieux dont l'extréme arrogance
Prenoit pour vn affront sa iuste resistance,
Contre le cher tresor de sa virginité
Auoit dans la forest mille fois attenté.
Mais sa course legere, & la chaste Deesse
Estoient à sa defense, & la sauuoient sans cesse ;
Et quelque noir dessein qu'Amour luy fit tenter,
Il n'en conceut iamais, qu'il peust executer.
Faisant tréue depuis à sa rage obstinée
Il la creut obtenir sous les loix d'Hymenée;
Mais sans iamais vouloir se seruir de ses droits,
Son Pere mit tousiours son Hymen à son choix.
Si le Tyran changea ses flammes criminelles
Cette fiere beauté ne changea pas comme elles.
Son esprit genereux ne pouuoit l'estimer,
Et c'en estoit assez pour ne pouuoir l'aymer.
Quand vn cœur esleué croit vn trosne estimable
Ce n'est iamais qu'autant que le Prince est aymable;
Et toute la grandeur a pour luy peu d'appas
Lors que son possesseur luy mesme n'en a pas.
Amour vers tous obiects peut ses aisles estendre;
Comme il peut s'esleuer, il peut aussi descendre,
Le caprice fatal de ce Dieu redouté,
Esgale toute chose & hait l'égalité;
Mais aussi tost ou tard il faut rendre les armes,
Et payer le tribut, que l'on doit à ses charmes.

C ij

Si dans le cœur d'ISIS il se fait peu sentir,
Peut-estre est-ce à dessein de mieux l'assuiettir;
Dautant plus dangereux, qu'il se fait moins paroistre,
Souuent on le croid loing qu'on le trouue le Maistre;
Beaucoup sans le sentir s'en sont veus consumer,
Et l'on aime souuent, qu'on ne croit pas aimer.
Pensoit-elle farouche, altiere, impitoyable,
Tousiours viure en repos prés d'vn obiect aimable?
Que sert de fuyr l'Amour, quand trop imprudemment
On a laissé son cœur se plaire auec l'Amant ?
Fuyoit-elle tousiours son humeur complaisante,
Son entretien si doux, sa muse si galante,
La douceur de sa voix & ses diuins accords,
Les dons de son esprit, l'adresse de son corps,
Sa vistesse à la course, & sa grace à la dance ;
Et tant de qualitez, qui malgré sa naissance
Et son sang tout obscur qu'il estoit à ses yeux,
Luy firent remarquer leur lustre glorieux.
Si tant de doux attraits estoient considerables,
Son amour pourra-t'il les rendre moins aymables ?
Il se cache, & la suit, reduit au desespoir,
Il ne peut se monstrer, ny viure sans la voir;
Mais il seroit l'obiect des plus belles Bergeres
Tout mal traitté qu'il est de ses rigueurs seueres ;
Et de combien de cœurs pourroit-il disposer
Pour peu qu'il eust voulu ne les pas mespriser ?
ARIS, l'aymable ARIS, par ses rigueurs contrainte
D'aller loin de ces lieux porter sa triste plainte,

CLERONDE ſi charmante, & fontaine auiourd'huy
Pour auoir trop pleuré ſon amoureux ennuy ;
L'autre vn Roc maintenant, la trop conſtante ERENE,
Mais ſur toutes encor, la malheureuſe ARDENE,
ARDENE, dont les yeux & les charmants appas
Chaque iour en ces lieux cauſoient mille treſpas ;
Inuincibles à tous, & pour luy ſeul ſoûmiſes,
A ſes charmes vainqueurs immolant leurs franchiſes,
Aymoient mieux ſans eſpoir s'en laiſſer conſumer,
Qu'eſſayer ſeulement de ne le plus aimer.
Leur amour malheureuſe en ſa perſeuerance
Ne ſçauroit l'empeſcher d'imiter leur conſtance.
ARDENE, qui ſans ceſſe attachée à ſes pas,
Enfin le reconnoiſt épris d'autres appas,
D'vn eſpoir inutile entretenant ſon ame
Taſchoit par ces propos de combattre ſa flâme.
   Hay qui t'ayme Berger, & pourſuy qui te fuit
De tes maux, & des miens ſera ce tout le fruit?
Eſprouue maintenant, à ton tour miſerable,
Quel tourment c'eſt d'aimer où l'on n'eſt point aymable.
Mais par quelle rigueur de mon ſort & du tien
Faut-il que ton malheur accroiſſe encor le mien ?
Car ſi la fiere ISIS pour qui ton cœur ſoûpire
Conſentoit ſeulement à ton cruel martyre,
I'enuirois ſes appas, puis qu'ils t'ont pû charmer ;
Mais, Berger, i'auoûrois, que tu la dois aimer.
Ie ne demande, helas, que ce qu'elle meſpriſe ;
Eſt-ce trop pour l'ardeur dont mon ame eſt épriſe?

Et ie veux bien encor l'en láiſſer diſpoſer,
Si toſt qu'elle voudra ne le plus meſpriſer.

　　Ah! puis qu'il ne ſe peut que tu m'aimes comme elle,
Qu'vn iour donc comme moy t'aime cette cruelle ;
Pourueu qu'au moins ie puiſſe eſperer à ce prix
De changer mon amour auecque ſon mépris.
Elle eſt toute diuine, elle eſt toute parfaite,
Mais ton Pere, & le mien ont porté la houlette;
Et cette égalité nous vniroit bien mieux,
Que ta naiſſance obſcure auec ſes grands Ayeux.
Comment peut t'esbloüir cette gloire ennemie,
Qui luy fait dans tes fers trouuer de l'infamie;
Dis ce que tu voudras au mépris de ma foy;
Elle ne peut t'aymer, & ie n'aime que toy.

　　En vain cette Bergere au ſecours de ſes charmes
Appelle les ſoûpirs, les plaintes & les larmes ;
Pluſtoſt que de manquer à ſon fidelle Amour,
Trouuons, dit ce Berger, vn plus heureux ſeiour.
Allons, allons, chercher, s'il eſt des precipices
Où ie puiſſe finir mes rigoureux ſupplices;
Quelque deſert affreux, & quelque antre aſſez noir
Où ie puiſſe du moins cacher mon deſeſpoir.

　　Allez mes chers troupeaux, vous perdre en ces bocages,
Libres, & vagabonds errez ſur ces riuages,
Helas ie vous expoſe à la mercy des loups,　　　　[vous?
Mais ſans ſoin pour moy méme en puis-ie auoir pour
　　Soudain abandonnant cette aymable contrée,
L'eſprit tout en deſordre, & la veuë eſgarée,

Sans sçauoir où le sort pourroit guider ses pas,
Quels païs si loingtains ne trauersa-t'il pas.
    Dieux ce fut bien alors, qu'en sa prompte vengeance
Amour fist éclater sa Diuine puissance;
Et qu'il tesmoigna bien qu'il peut en vn moment
Du mespris le plus fier faire le chastiment.
Elle ne peut souffrir, cette Nymphe cruelle,
Qu'vn Berger ait osé leuer les yeux sur elle;
Elle fuit, & son cœur iustement irrité
Croit tousiours emporter sa chere liberté;
Elle fuit; mais enfin au bout de sa carriere
La victoire n'est pas pour elle toute entiere;
Et de force son cœur en sa course épuisé
N'arriue pas au but qu'il s'estoit proposé.
Le respect du Berger accourt à sa defence,
Son merite combat son obscure naissance,
Et se meslent si bien, que dans son souuenir
L'effort de son courroux ne les peut des-vnir.
Si l'amour du Berger luy semble méprisable
Malgré tous ses mépris le Berger est aymable;
Et quel party son cœur peut-il prendre en ce point;
Ou qu'il fust moins aimable, ou qu'il ne l'aimast point;
Et s'il ne l'aimoit point, de tant d'attraits charmée
Comment pouuoir souffrir qu'vne autre en fust aimée ?
Tout luy nuit, tout la fasche, & déplaist à ses yeux,
Depuis que ce Berger est absent de ces lieux;
Sa chasse est mal plaisante, & tousiours malheureuse;
Solitaire, chagrine, inquiete & réueuse,

Sa tristesse en ces bois aime à se retirer ;
Mais desia ce n'est plus que pour y soûpirer.
Pour éuiter du Roy la poursuite importune,
Se plaindre de l'Amour, accuser la Fortune,
Dont l'aueugle caprice à son repos fatal
Luy donne des Amans, qu'il partage si mal.

Toy, qui rends la vertu si souuent miserable,
Fortune, tu ne peux rendre le vice aimable ;
Et de quelques appas, que tu sois reuestu,
Tu ne sçaurois, Amour, couronner la Vertu.

Cependant le Berger dans le mal qui l'outrage,
Erre desesperé de riuage en riuage,
Bien éloigné de croire en sa triste langueur,
Que l'Amour puisse agir ailleurs, que dans son cœur.

Long-temps il frequenta ces fertiles herbages,
Où tant de grands Bergers trouuent leurs pasturages,
Dans ce fecond vallon, où par mille détours
Riche de cent ruisseaux la DIVE estend son cours.

Long-temps il parcourut cette plage bruslée
Qu'on void iusqu'à ce Golphe, où fierement enflée,
De l'agreable LAIZE, & du Bourbeux ODON,
L'ORNE vient à Thetis faire son riche don ;
Mais d'vn si doux accueil s'en trouue caressée,
Que la Seine ialouse en paroist courroucée ;
Et ne peut empescher son eau de murmurer
Des honneurs que les Flots luy semblent deferer.

Long-temps il admira comme au plus grand orage
Ce sable aride, & sec en toute cette plage,

Seul

Seul arreste les flots les plus impetueux,
Qui le viennent baiser d'vn pas respectueux.
   Enfin las de courir tant de vastes campagnes,
Tant de larges valons, tant de hautes montagnes,
Vn lieu qu'on nomme encor la grotte du Soucy,
Nous dit, que sa douleur l'a fait nommer ainsi;
Et l'on tient, que ce fut pour la longue retraite,
Qu'en ce celebre endroit ce triste amant a faite.
Long-temps il admira ce gouffre merueilleux,
Qui par tout l'Vniuers est maintenant fameux;
Cette abysme admirable, où deux grandes riuieres
Loin du vaste Ocean s'engloutissent entieres;
Et par mille canaux cachez, & souterrains,
Vont dérobant leur course à l'aspect des humains.
Mais certes en ce poinct vne si grande chose
Merite bien, qu'au moins on en sçache la cause;
Le Berger l'ignoroit, & cent mille auiourd'huy,
Qui l'admirent encor l'ignorent comme luy.
Ce n'est point vne fable, on en voit mille preuues:
ATHYS l'apprit du Dieu de l'vn de ces deux fleuues,
Qui viuement touché de ses tristes sanglots
S'apparut sur sa riue, & luy tint ce propos,
Vn iour, que dans l'excez de sa douleur profonde,
Il troubloit de ses pleurs le cristal de son onde.
   O Toy qui que tu sois, Mortel, si c'est l'Amour
Qui t'attire en mes bords de ton natal seiour;
Si racontant ses maux ils sont plus supportables;
Si c'est vn reconfort de trouuer ses semblables;

D

Tu sois le bien venu dans ces sauuages lieux;
Apprends-y, que ce Dieu n'espargne pas les Dieux.
AVRE est mon nom, Berger, & cette Nymphe aimable,
Qui se plonge auec moy dans ce gouffre admirable,
Est la paisible DROMME; Helas, & c'est ma Sœur;
D'où viĕt, qu'vn Nom si doux est pour moy sans douceur?
Tous deux du haut CAVMONT tirant nôtre naissăce,
Voisins pour mon malheur au sortir de l'enfance,
Nous voyant tous les iours, trop imprudent ruisseau,
Ie me laissay charmer au doux bruit de son eau;
Et sans considerer, que ie faisois vn crime,
Qui des Dieux armeroit le couroux legitime,
Ie ne pus m'empescher au fort de mes amours
De la presser de ioindre auecque moy son cours.
Mon erreur estoit grande, & ie la connois telle;
Mais, Berger, i'estois ieune, & ie ne voyois qu'elle;
Et le plus froid ruisseau de sa viue clarté,
Si tu t'y connois bien, pourroit estre tenté.
Ainsi m'abandonnant à mon ardeur impure,
I'allois la caiolant de mon plus doux murmure;
Et cachant mon amour sous le nom d'amitié,
I'esperois, qu'à la fin elle en auroit pitié;
Desia ce me sembloit elle estoit moins seuere,
M'appelloit plus souuent, cher AVRE, que son frere,
Quelquefois en secret m'accordoit vn baiser;
Quand mon Pere le sceut qui s'y vint opposer.
Non loin de nous estoit vne Nayade altiere,
Qui mesprisoit les Dieux de toute autre riuiere;

Elle s'appelle SEVLLE, & coulant seule aussi,
C'est pour cette raison qu'elle s'appelle ainsi;
Cent fois pour destourner mon ardeur criminelle
Mon Pere me voulut marier auec elle;
Mais ie ne pus iamais son orgueil supporter,
Et puis quelqu'vn peut-il son destin éuiter.
Mon Pere comme vn mont d'humeur hautaine & fiere,
Long-temps pour me punir tint mon eau prisonniere;
Separa nos deux licts, chassa bien loin ma Sœur,
Et mist entre nous deux sa plus grande espaisseur.
Elle sensiblement de cét obstacle outrée,
Resolut comme moy de quitter la contrée;
Puis chacun prit sa route; en vain dans son couroux
Le Mont autant qu'il peut s'estendit entre nous.
Nous retrouuant enfin dans ce lieu solitaire,
Nous estions en estat de brauer sa colere;
Libres nous ne songions qu'à nous entretenir;
Et nos ondes desia commençoient à s'vnir.
Mais mon Pere nous vit du plus haut de sa cime,
Et ne pouuant luy mesme empescher nostre crime,
* O Roy des Mers, dit-il, d'vn ton si furieux,*
Qu'au lieu d'en retentir en trembloient tous ces lieux;
Neptune, si iamais faisant fumer ma teste,
I'ay sceu predire au vray la prochaine tempeste,
Et si seruant bien loin de Phare aux Matelots,
Ie les ay seurement guidez parmy tes flots;   (grace,
Monstre auiourd'huy, qu'vn Dieu prend part à ma dis-
Et cache au moins au iour la honte de ma Race.

D ij

Ainsi parla le Mont, & le Dieu l'entendit :
Son bras en mesme temps contre nous s'estendit;
Et de son fort Trident frappant toute la Plage,
Par cét affreux Rocher nous ferma le passage;
Et de nos eaux ainsi la criminelle amour
Nous priue pour iamais de la clarté du iour.

Tãdis, qu'au Dieu du Fleuue ATHYS preste l'oreille,
Qu'il contemple attentif cette rare merueille;
Et que rien de ces lieux ne le peut détacher,
Que MARCELET son frere auoit beau le chercher?

Iamais Nature vnie auec l'Amitié sainte
N'auoit serré deux cœurs d'vne plus forte estrainte,
Dans la mesme prairie ils gardoient leurs brebis;
Leurs chévres, leurs moissõs, leurs meubles, leurs habits,
Tout fut commun entr'eux; & iamais leur ménage
Ne conta leurs aigneaux pour en faire partage.

Dés le moment qu'ATHYS disparut de ces lieux,
Ce frere qui tousiours l'ayma plus que ses yeux,
Prist aussi tost dessein d'en mourir à la peine,
Ou de le ramener de sa fuite lointaine.
ATHYS luy disoit tout, & son cœur plein d'ennuy
N'auoit autre plaisir, que de s'ouurir à luy.
Il sçauoit son respect, il sçauoit son martyre;
Mais il ne sçauoit pas qu'il eust osé le dire.
Ainsi deuant ISIS s'offrant souuent en vain,
Il n'osoit luy parler de son iuste dessein;
Mais quãd l'Amour commence à regner dans vne ame,
Qu'elle peut rarement cacher toute sa flâme!

A peine dans ces lieux le iour qui paroiſſoit
Du premier de ſes traits l'Orient blanchiſſoit ;
Mille eſtoilles au Ciel le diſputoient encore
A la foible clarté de la naiſſante Aurore ;
Les Oyſeaux s'éueilloient, mais leur charmante voix
Laiſſoit encor dormir le ſilence des Bois ;
Et les beſtes ſortant à regret des gagnages
D'vn pas encor tardif ſe ſauuoient aux boccages.

Deſia l'arc en la main, le brodequin chauſſé,
Le carquois ſur le dos, & le bras retrouſſé,
Plus matin que le iour dans ces Bois arriuée,
La Nymphe pour chaſſer penſe s'eſtre leuée.
Elle en fait le deſſein ; mais inutilement ;
Et ſon cœur amoureux, reſiſtant foiblement,
Aueugle ne ſçait pas, qu'auec toute ſa ioye
De cette triſte chaſſe il doit eſtre la proye.

Errant à l'auanture au milieu des haliers
Sa démarche ne ſuit ny routes ny ſentiers ;
Et ſans ſçauoir comment touſiours elle ſe treuue
Au lieu où la Foreſt alors bordoit le Fleuue,
Et d'où rien ne cachoit à ſon œil triſte & mort
La cabane d'ATHYS aſſiſe en l'autre bord.
Peut-eſtre ſans deſſein ; mais las auſſi peut-eſtre
Conduite par ſon cœur, qui deuenu le Maiſtre,
Sans luy dire pourquoy l'attire en ce ſeiour,
Qui iadis receloit l'obiect de ſon amour.
Non que depuis ce temps ſon abſence elle ignore ;
Mais tout abſent qu'il eſt, elle l'y cherche encore ;

D iij

Ridicule chymere, erreur qu'on peut blafmer;
Mais erreur excufable à qui fçait bien aymer.

   En ce fauuage lieu refuant au bord de l'onde,
Par où commenceroit fa quefte vagabonde,
Le trifte MARCELET *, les yeux baignez de pleurs,*
Racontoit aux Rochers fes cuifantes douleurs.
L'vn vers l'autre leurs pas de hazard les menerent,
Et leurs triftes regards foudain fe rencontrerent;
Prefque comme à regret l'vn & l'autre fe vit;
Le Berger s'en émeut, & la Nymphe en rougit;
Chacun veut demeurer, & chacun fe retire;
Tous deux veulent parler, & craignent d'en trop dire;
Et de leurs paffions leurs cœurs embaraffez
En fe cachant ainfi fe découurent affez.
La douleur du Berger peut à peine fe taire,
Mais il craint de trahir le refpect de fon frere.
I S I S n'ofe parler; fon innocente ardeur
Craint quelque trahifon de fa ieune pudeur;
Et ne fçachant à qui foûmettre fa conduite,
Elle veut s'en aller, & condamne fa fuite.
Amour s'y mefle encore, & penfe decider
Ce debat, qu'elle veut, & ne peut accorder;
Et fuiuant fon confeil, qui plus adroit l'engage,
Elle demeure enfin, & cache fon vifage.
Appellant le Berger, & détournant fes yeux;
D'où vient qu'on ne voit plus ton frere dans ces lieux,
Luy dift, elle & foudain interdite, & défaite;
Son ame en mefme temps curieufe, & difcrete,

Ne sçait comment cacher son trouble, & son soucy,
Tandis que le Berger luy respondoit ainsi.

Helas Nymphe, à qui puis-ie en demander la cause,
Puis que vous l'ignorez, vous, qui sur toute chose
Dans ces aymables lieux l'arrestiez autrefois,
Et sans cesse apres vous l'attiriez en ces Bois.
Le mal qu'à nos troupeaux causoit sa nonchalance
Ny de tous nos parens la sage remonstrance
Qui voyoient tous ses biens perir visiblement,
N'ont pû le destourner de cét attachement.
La cause auec raison en doit estre bien grande,
Et ce n'est pas à tort que mon cœur apprehende.
Depuis le iour fatal, qu'il fust assez heureux
Pour tuer deuant vous ce Sanglier affreux ;
Ce iour, que son bon-heur par vostre deliurance
Causa dans nos hameaux tant de réjouissance ;
Personne ne l'a veu sans l'oüyr soûpirer,
Et depuis il n'a fait, que se desesperer ;
Fuyant l'aspect de tous, errant à l'auanture,
Portant sur son visage vn malheureux augure,
Et peut-estre en ces Bois, priué de tout secours
Quelque estrange accident aura finy ses iours.

Cesse, triste Berger, ce discours qui me tuë,
Soudain interrompit la Nymphe toute esmeuë ;
Certes ton amitié ne deuroit pas souffrir,
Qu'il languit plus long-temps sans l'aller secourir ;
S'il me l'estoit permis (dans son transport extréme
Elle alloit adjouster , helas i'yrois moy-mesme)

Mais sentant tout d'vn coup, que son émotion
Alloit visiblement trahir sa passion;
Le mieux qu'en pût vser sa pudeur interdite,
Ce fut de se sauuer par vne prompte fuite.

    Ainsi donc, elle fuit plus viste que les traits,
Qu'elle alloit tous les iours lançant dans ces Forests;
Que les Cerfs qui fuyoient ses atteintes mortelles;
Et que les doux zephirs, qui voloient apres elle.
A peine on la peut voir; l'herbe dessous ses pas
Demeure toute droite, & ne se courbe pas;
Elle semble voler; & son leger passage
Ne laiße aucune trace au sable du riuage.
Mais comment éuiter sa funeste langueur
Portant par tout le trait, qui luy perce le cœur?

        Fin du deuxiesme Chant.

CHANT TROISIESME.

S I le Berger euſt ſceu, que la Nymphe rebelle
Trouuoit enfin l'Amour plus inuincible qu'elle ;
Et que ce Dieu, qui peut tout ſoûmettre à ſes
Sembloit vouloir contre elle eſpuiſer ſon Carquois ; (loix,
O que ſon triſte Frere, & l'Amoureuſe ARDENE,
Qui le cherchant par tout dans ſa fuite lointaine
Font retentir ſon Nom en cent diuers climats,
Euſſent bien moins perdu de peines & de pas.

Tel qu'autrefois des bleds la Deeſſe fertile
Laſſe d'importuner les Echos de Sicile,
Faiſant flamber ſa torche ; & ſes Dragons aiſlez
Par le bon Triptoleme à ſon char attelez,
Enſeignant aux humains le ſoc, & la faucille,
Fut par tout l'Vniuers redemander ſa fille.

Tel ce triſte Berger, dont la ſaincte amitié
Les Rochers les plus durs euſt touchez de pitié,
Ayant gemy long-temps autour de ſa cabane,
Et dans cette Foreſt conſacrée à Diane ;
Bien loin de ſon hameau, de ſa lugubre voix,
Va rempliſſant les Monts, les Plaines, & les Bois.
Offrant Chévres, Agneaux, & Brebis pour ſalaire,
A qui luy fera voir les reſtes de ſon frere ;

E

Car ce pauure Berger incertain de son sort,
Jgnore s'il le doit demander vif, ou mort.

Mais tel encor qu'Alphée apres son Arethuse
Passa des champs d'Elide en ceux de Syracuse;
Et malgré sa vistesse, & malgré ses détours
Trauersant tant de flots la poursuiuit tousiours.

Telle apres son ATHYS la Bergere amoureuse;
Ne peut enfin borner sa queste malheureuse,
Et malgré ses mépris, & malgré sa rigueur
En tous lieux apres luy va portant sa langueur.

Mais ô bizarre Amour Enfant plein de malice,
Qui pourroit conceuoir ton bizarre caprice?
Si l'on veut t'éuiter, tu poursuis qui te fuit;
Si l'on court apres toy, tu fuis qui te poursuit.
De tant de fiers dédains ARDENE en vain outrée,
De climat en climat, de contrée en contrée,
Erre apres son ATHYS au gré de son ennuy,
Et souuent mesme arriue aux mesmes lieux que luy.
Comme si le mépris qu'ATHYS auoit pour elle
Seul eust tousiours guidé sa passion fidelle,
Ses soins en chaque lieu se trouuent superflus;
On l'y void, elle y vient, il ne s'y trouue plus;
Car de l'Amour, le Sort deuient inseparable,
Quand ils ont resolu de faire vn miserable;
Tant tous deux sont cruels, tant on eut peu de tort
De les croire tous deux engendrez de la mort.

La Lune cependant en sa course inégale,
Tantost claire & seraine, & tantost sombre & pasle,

Sur son char argenté triomphante du iour
Pour la troisiesme fois accomplissoit son tour.
Depuis que vagabond parmy ces solitudes,
Errant à la mercy de ses inquietudes,
Farouche, & furieux ce Berger se fait voir
Le plus parfait portrait du sombre desespoir.
Il laissa toutefois cét abysme admirable,
Et retrouua bien tost ce valon agreable,
Où dédaignant l'accez de toute autre ruisseau,
SEVLE en sa pureté fait écouler son eau.
Long-temps il la suiuit remontant vers sa source,
Eloignant de nos mers sa fugitiue course,
Et rapprochant tousiours, quoy qu'insensiblement,
Des lieux où l'attiroit l'effort de son aymant.
Cent fois dans ses langueurs pressantes & plaintiues,
De la SEVLE il a fait retentir les deux riues,
Et terny sur ses bords par ses humides pleurs,
Du bel esmail des prez les plus viues couleurs.
Il les quitta pourtant, sa noire réuerie
Le rapprochant tousiours de sa chere Patrie,
Le fit encor passer, dans ce mesme abandon,
Des riuages de SEVLE aux riuages d'Odon.
Long-temps il s'arresta vers ces lieux, où son onde
Feroit par sa clarté douter à tout le monde,
Si c'est luy qui s'en vient par deux diuers canaux
A l'Orne, tout bourbeux, mesler ses sales eaux.
Plus long-temps il languit couché sur la fougere
Dans ces bois où gardant les troupeaux de son Pere,

E ij

Ce celebre Pasteur l'Ornement de nos iours,
A depuis soûpiré ses premieres amours ;
Et sur son chalumeau d'vn chant plaintif & triste,
Fait si loin retentir le Nom de sa Caliste.
Dans ces bois, où plustost le Dieu mesme des vers
Rauy de la beauté de leurs ombrages verds,
Auecque nos Bergers, ainsi que chez Admette,
Sous le Nom de Malherbe a porté la houlette.

    Et toy qui le croirait, GVIGNE, petit ruisseau,
Qui hors l'aimable appas du doux bruit de ton eau,
Peu fameux en ton cours n'as rien de remarquable,
Que tu fusses tesmoin d'vn fait si memorable ?
Il est vray cependant, sur tes bords, prés d'vn bois,
Vn antique Syluain me l'a iuré cent fois ;
Dans ce temps, que bien loin du bruit & de la presse,
Consommant doucement ma premiere jeunesse,
Charmé de ton riuage, & des lieux d'alentour,
Ie repassois ton eau tant de fois pour vn iour.
Le Berger en sa vie errante, & fugitiue,
A la fin paruenu sur cette aimable riue,
Entre-deux saules verds dessus l'herbe couché,
Pour la premiere fois du sommeil fut touché ;
Depuis que par l'arrest de la Nymphe seuere,
Vagabond en tous lieux il portoit sa misere.
Certes comme ce fut cet aimable sejour,
Qui vit mourir ma ioye, & naistre mon amour ;
Ie le crois aysément, quand ie me represente,
Qu'au fort d'vne douleur, helas! non moins pressante,

Que celle que souffroit ce malheureux *ATHIS*,
De sommeil malgré moy mes yeux apesantis,
Par l'effect gracieux de ton plaisant murmure,
Ont parfois sur tes bords eu la mesme auanture.
Le Berger assoupy, prés de ce clair ruisseau,
La Nayade sortit du profond de son eau.
Ie ne raconte point l'illusion d'vn songe,
Vn Dieu n'eust pas voulu m'attester vn mensonge.
De cette Nymphe Athys sentit ses yeux charmez,
Comme si le sommeil ne les eust point fermez;
De ioncs, & de roseaux, il la vit couronnée,
Remarqua tout l'éclat dont elle estoit ornée,
Les Perles, le Cristal & la viue clarté,
Qui faisoient resplendir sa moite Deïté,
Et sembla mesme alors en siller la paupiere,
Comme s'il n'en eust pû supporter la lumiere.
Mais en peut-on douter, puis qu'en ce doux repos
En fin à ce Berger elle tint ce propos.   (ple,
      ATHYS des vrays amants le plus parfaict exem-
Non loin d'icy tu vois vn magnifique temple;
Va demander secours d'vn cœur humble & pieux
A la Diuinité qu'on adore en ces lieux.
Son pouuoir est connu par de frequens miracles;
On vient de toutes parts consulter ses Oracles,
Qui l'auenir douteux expliquent nettement,
Et de propos obscurs l'embroüillent rarement.
Aux Nymphes comme nous innocentes, & pures
Le destin n'a jamais reuelé d'auantures,

E iij

Pour peu que confonduë auecque les plaiſirs,
La douleur nous en puſt couter quelques ſoûpirs.
Mais quand tu t'en iras, regarde bien mon onde ;
Vn iour elle ſera celebre par le monde,
Pour t'auoir quelque temps ſur mes bords arreſté,
Par mon plaiſant murmure, & ma viue clarté.
Mais ſçache auſſi, Berger, que ſi ton auanture
Deuient vn iour connuë à la race future,
Par l'or dre du Deſtin cét heur eſt reſerué
Aux Chanſons d'vn Berger ſur mes bords éleué,
Ieune encore laiſſant le ſeiour de ſes Peres,
(Paſteurs depuis long-temps connus à ces fougeres,
Pour auoir poſſedé tant de nombreux troupeaux,
Et cultiué des champs ſi feconds, & ſi beaux)
Par le triſte recit de ta cruelle peine,
Il nous fera connoiſtre au riuage de Seine ;
Mais ſi quelque renom nous vient de ſon labeur,
Apprends à quels obiects nous en deurons l'honneur.
   Vn chef-d'œuure parfait, vne Nymphe Diuine,
Qui dans ce doux climat prendra ſon origine,
Qui riche y receura d'vn long ordre d'Ayeux,   M. la C. de
Vn Empire plaiſant, fertile, & ſpatieux ;   Fiesqve.
Et par vn digne choix ſoûmettra nos fontaines,
Aux Maritimes Dieux de la ſuperbe Genes.
Ayant ſceu de mes bords ce Paſteur attirer,
De mille hauts penſers daignera l'inſpirer,
Voudra de tes amours, qu'il luy faſſe l'Hiſtoire ;
Mais certes à luy plaire vn Dieu mettroit ſa gloire ;

Et si dans l'auenir vn mortel pouuoit voir,
Tu t'estonnerois peu de son diuin pouuoir.
Combien mesme desia ie sens de gloire, & d'aise,
Quand sur les bords de l'Orne,ou sur les bords de Laize,
Ie la voy ce me semble estalant ses appas,
Faire naistre par tout des Fleurs dessous ses pas;
Mais des Fleurs en fraischeur à nulle autre semblables,
A celle de son teint seulement comparables,
Et dont la douce odeur doit encor des Zephirs,
Comme sa douce haleine embaumer les soûpirs.
Quand ie voy les Amours,les Ieux, les Ris,les Graces,
Ne pouuoir d'vn seul pas abandonner ses traces,
Et comme elle éloignés du doux aïr de la Cour,
Establir leur demeure en ce plaisant seiour.
Cette adorable Nymphe aymera ta memoire,
Mais ce n'est pas encor le comble de ta gloire.
  ARTHENICE à ce Nom,Berger,pro-   M. la M. de
  sterne toy,   RAMBOüil-
                  LET.
Et donne à ses vertus de l'encens comme moy;
Car de l'Inde éloigné, iusqu'aux riues du Tage,
Nymphes,& demy Dieux luy viendront rendre hom-
  mage;
Et de son rare esprit les charmantes douceurs,
La feront inuoquer comme vne des neuf Sœurs.
S'abaissant toutefois au recit de ta peine,
De ce ieune Pasteur elle ouurira la veine;
Et ne mesprisant point ses rustiques concerts
Par son attention annoblira ses Airs.

Esclairera ses sens d'vne celeste flâme,
Et d'vn feu tout diuin échauffera son ame.
Peut-estre apres cela de trop de vanité
ATHYS, tu iugeras mon esprit transporté;
Mais où dans l'auenir ie ne voy que nuages,
Où ie n'y voy pour nous, que glorieux presages.
A quelle bouche aymable, & ton Nom, & le mien
Tout inconnus qu'ils sont seruiront d'entretien.
Quelle Diuinité? Non plus claire Nayade,
Nereïde azurée, ou verte Hamadriade;   MADEMOI-
                                          SELLE.
Mais Deité celeste, à qui tous les Mortels
S'ils ayment leur salut, dresseront des Autels,
A qui pour la fléchir, ou pour l'auoir propice,
Cent Roys immoleront leurs cœurs en sacrifices;
Race de Iupiter, qui par son Noble sang
A sa table apres luy tiendra le premier rang;
Non Venus, ou Pallas; mais l'vne & l'autre ensemble,
En qui le cœur de Mars, & d'Alcide s'assemble.
Elle mesme, Berger, si le Destin ne ment,
Fera de tes ennuis son diuertissement.
Mais peut-estre trouuant, dans ton sort pitoyable,
De tant de grands Heros l'Histoire veritable,
Expliquera leurs vœux par tes bruslans desirs;
Iugera de leurs maux par tes tristes soûpirs;
Et par tes cris peut-estre vn iour pourra comprendre
Ce que mesme en mourant ils n'osent faire entendre.
Mais qui vous oubliroit, Nymphe pleine d'appas, M.laC.de
Qui fidelle, & hardie accompagnant ses pas, FRONTE-
                                          NAC.

Du

Du fameux Thermodon par vos Illustres pei-
nes,

Comme vostre Compagne , égalerez les Rei-
nes ?

Vous de sa Cour choisie , agreable ornement,   Mademoiselle
Nymphe de la Charente ; au teint vif &   de MORTE-
charmant ?   MART.

Vous Nymphe si puissante aux riuages de   M. la D. de
Loyre ,   SVLLY.

Fille du ferme appuy des Filles de Memoire ?
Vous qui par vos appas , le Loin éleuerez   M. la D. de
Au dessus du Pactole , & de ses Flots do-   CHASTILLON
rez.

Qui se tairoit de vous , Nymphe de la Ga-   M. la D. d'Es-
ronne ,   PERNON.

Aux attraits dangereux à l'ame douce , &
bonne ;

De vous , Nymphe d'Issy , Driade aux bruns   M. de CHOISY.
cheueux ,

Le charme du beau monde , & l'effroy des
fascheux ;

De vous , Nymphe des champs , & de Beauce ,   M. de BONNEL-
& de Brie ,   LE.

Si digne d'estre aymée , & si parfaite amie ;
De vous , Nymphe , aux Ayeux comme Dieux   M. la D. de RO-
reuerez   HAN.

Qui de Sarte , & du Loyr , le cours gouuer-
nerez ;

Mademoiselle de CHABOT.
De vous d'vn Noble sang veritablement
    née,
Qui deuiendrez sa Sœur par vn sainct Hy-
    menée ;

Mademoiselle de SVLLY.
De vous, dont les Ayeux Aigles de Iupiter
Son tonnerre vangeur meriteront porter.

M. la D. de LESDIGVIERES.
Qui vous peut oublier, Nymphe de la Lisere,
Digne certes d'vne Onde, & plus pure, &
    plus claire ;

M. la D. de S. SIMON.
Vous, dont nul ne pourra sauuer sa liberté,
De l'aimable Gironde, aymable Deité :

M. la M. de MONTOSIER, & Mademoiselle de RAMBOVILLET.
Vous dignes du sejour des voûtes étoilées ;
Aux festes des grands Dieux dignes d'estre
    appelées,
La celebre Iulie, & son illustre Sœur,
A l'esprit si bien fait, & si plein de douceur.

Mademoiselle d'OVTRELAIZE.
Vous l'honneur de ces Bois, l'heur de cette
    campagne,
Qui prendrez vostre Nom de Laize ma
    compagne ;

Mesdemoiselles d'HAVCOVR & d'AVMALE.
Vous Sœurs, Nymphes de l'Oyse, au precieux
    renom ;

M. la C. de CRVSSOL.
Vous vn iour la premiere au Cercle de Iunon ;

M. la M. de GAMACHES.
Vous Nymphe de corail, & d'yuoire, & d'é-
    bene,
Qui sur la Somme aurés vn si vaste do-
    maine ;

Vous, qui par vos atraits si brillãs & si doux,   Mademoiselle
Du Dieu d'Orne, rendrez, le Dieu des Mers   de BEVVRON.
   ialoux ;
De la grande Iunon, vous Nymphe fauorite,   M. la C. de
Nymphe à la beauté rare, à l'infiny merite ;   BREGY.
Vous qui de Maine vn iour regirez le destin,   M. la M. de
Nymphe celebre aux bords du grand Fleuue   GESVRES.
   Latin,
Vous Nymphe de Lignon à l'onde si fameuse,   M. la M. de S.
Vous son aimable Sœur Nayade de la Meuse;   CHAVMOMT.
Vous pour tout dire enfin pretieuses beautez,   M. la M. de
Heroïques objets, guerrieres Deitez;   FEVQVIBRES.
Tant de Nymphes, Berger, dont l'humeur dé-
   daigneuse,
Quittera pour t'oüyr sa fierté rigoureuse,
Et qui par ce moyen promettent à mes eaux
Vn Empire absolu sur les plus clairs ruisseaux.
Car ie n'attends pas moins de ta rare auanture,
Que voir mon onde encor, & plus viue, & plus
   pure,
Malgré sa petitesse égaler toutefois
Ces Fleuues entre nous contrefaisant les Roys.
   Là se teut la Nayade, & par son onde fiere
On peut connoistre encor, qu'elle est d'humeur altiere.
   Aussi tost s'éueilla le Berger plein d'ennuy,
Il crut encore voir la Nymphe deuant luy,
Au moins sur ce ruisseau iettant soudain la veuë,
Il en vid boüillonner l'onde encor toute émeuë,

F ij

Et trembler fortement les ioncs & les roſeaux ;
A l'endroit ou plongée au profond de ſes eaux,
A l'aſpect d'vn mortel fugitiue & timide,
Elle s'alla cacher dans ſon Palais liquide.

  Mais de mille couleurs, l'Olympe variant,
Dés que l'Aurore ouurit les portes d'Orient,
Soudain on vit auſſi celles du Temple ouuertes ;
Sur ſes Autels fleuris cent corbeilles offertes,
Et mille Pelerins proſternez deuant eux,
De maints deuots ſoûpirs accompagner leurs vœux.

  POMONE, qui touſiours ayma noſtre contrée,
De cent Peuples eſtoit en ce Temple adorée,
Son Autel pur, & net du ſang des animaux,
Iamais ne fut fatal aux innocens aigneaux ;
Son culte eſtoit ſans meurtre, & pour l'auoir propice,
Elle ſe contentoit d'vn plus doux ſacrifice ;
Des Fleurs, des Fruits, du Laict, des Gaſteaux, de l'En-
 cens,
Et la iaune liqueur, dont ſon ſoin tous les ans
Conſole ce climat, de l'iniuſtice eſtrange,
Que luy fait ſans raiſon le Dieu de la vandange,
Sont de tous les preſens, ceux qu'elle ayme le mieux,
Quand ils luy ſont offerts d'vn cœur deuotieux.

  Le Berger s'en chargea ; mais d'vne eau pure, &
 claire
Il ſe laua trois fois, auant que de rien faire ;
Et d'vn cœur tout contrit les vint offrir auſſi,
Auant qu'à la Deeſſe il s'adreſſaſt ainſi.

Deeſſe, ſi iadis le recit pitoyable
Du funeſte Deſtin, d'vn amant miſerable,
A fait qu'vn Dieu touché de ton éclat vainqueur,
Enfin ſceut émouuoir ton inſenſible cœur;
Plus qu'Iphis, amoureux d'vne beauté parfaite,
Mais plus cruelle, helas, que ſon Anaxarete,
Icy ie ne viens point pour faire à mes voiſins,
Accablé de tes dons enuier mes iardins;
Ie viens te raconter l'Hiſtoire de ma vie,
Et depuis mon amour les maux qui l'ont ſuiuie;
Mais pourquoy t'ennuyer d'vn ſi triſte entretien,
Si comme on nous le dit les Dieux n'ignorent rien.
Tu connois mon martyre, à qui tout autre cede;
Deeſſe, à mes langueurs eſt-il quelque remede?
Daigne m'en éclaircir, dans mon lugubre ſort,
Quand il n'en ſeroit point de plus doux que la mort.
　　Le Berger n'eſtoit point hay de la Deeſſe,
Pour peu qu'euſſent ſes ſoins ſecondé ſa largeſſe,
Aucun de ſes voiſins n'auroit veu tous les ans
Ses arbres mieux chargez de ſes riches preſens.
Auſſi pour luy donner vne prompte réponſe,
Elle n'attendit point de plus forte ſemonce;
Sans ſe faire preſſer, par des dons plus puiſſans,
Par des vœux redoublez, par de nouuel encens,
Ayant viſiblement paru baiſſer la teſte,
Et par ce teſmoignage approuuer ſa requeſte;
Tout le Temple fremit, & dans ce tremblement
Son Oracle en ces mots reſpondit hautement.

F iij

L'A I Z E non loin d'icy coule tranquille,& morne;
Va fur fes bords,Berger, foûpirer tes amours;
Le Ciel en doit bien toft finir le trifte cours;
Prends garde feulement au paffage de L'O R N E.

Puiffantes Deitez, dequoy fert aux mortels,
De chercher leur deftin au pied de vos Autels;
Si par l'ordre fecret de voftre prouidence
Vous ne leur en laiffez iamais l'intelligence.

L' A I Z E fur fon riuage agreable , & charmant,
Auoit veu mille fois ce malheureux amant,
Ce beau fejour n'auoit grotte , ny folitude;
Qui puft eftre inconnuë à fon inquietude ;
Pour auoir mille fois en fes plaifans ébats
De la fuperbe Nymphe accompagné les pas ;
Et du long de ce Fleuue inceffamment comme elle
Fait aux forts Sangliers vne guerre immortelle.

Il part donc, & porté fur les aifles d'Amour,
Il arriue bien-toft en ce plaifant fejour.

Apres auoir paffé ce Fleuue delectable
Par l'Oracle fameux rendu fi redoutable,
Libre de tout peril , & libre de la peur,
Se laiffant emporter à fon efpoir trompeur ;
Et charmé du doux bruit de l'agreable L'A I Z E,
Il erre en ces beaux lieux le cœur tranfporté d'aize,
Et plein de la plus douce imagination,
Qui l'euft encor flatté depuis fa paffion.
Tandis que vagabond en des plages lointaines
Son frere infortuné perdoit toutes fes peines.

Amour si clair-voyant, tout aueugle qu'il est,
Bien mieux que l'amitié guide ceux qui luy plaist;
A peine le Berger sur ce plaisant riuage
Auoit pour se coucher fait choix d'vn bel ombrage;
Qu'enfin ce Dieu voulut qu' ARDENE y vint aussi,
Peut-estre enfin touché de son cruel soucy.
   Combien tout à la fois, & de haine, & de flâme
A ce premier aspect rentrerent dans son ame;
Il faut estre hay pour le bien exprimer,
Et hay d'vn obiect qu'on est forcé d'aymer.
Si son cruel destin permet, qu'elle le voye,
Il ne veut pas souffrir qu'elle en gouste la ioye,
Tant de mespris receus font que son cœur outré
Se sent presque marry de l'auoir rencontré;
Long-temps de ses dédains l'iniurieuse idée
Fait agir la fureur dont elle est possedée.
Mais insensiblement s'emparant de son cœur,
Amour reprend en sa premiere vigueur,
Dissipe sa colere, & se faisant paroistre
Ne souffre fier qu'il est, ny compagnon, ny maistre,
Triomphe insolemment, & par sa viue ardeur
Estouffe tout respect, couroux, crainte, & pudeur.
Ouy malgré cette honte au sexe naturelle
Trouuant en ce desert l'occasion trop belle
Elle alloit l'aborder; mais la Nymphe soudain
Fit entendre les sons de sa trompe d'airain;
Et soudain le transport, dont elle fut saisie
Fit au lieu de l'Amour, agir la ialousie.

Elle ne douta plus que ces deserts affreux,
Depuis qu'elle cherchoit le Berger amoureux,
De sa Nymphe, & de luy ne fussent la retraite,
Et les seuls confidens de leur flame secrete.
Tout à la fois surprise en son penser ialoux
D'vne maligne ioye, & d'vn mortel couroux,
Derriere vn fort épais non loin de luy couchée,
Curieuse à son dam, elle se tient cachée;
Cent fois de se vanger tramant vn noir proieƈt:
Mais souhaittant cent fois n'en auoir point suiet.

   Le Berger cependant du moins aussi tost qu'elle
A reconneu le Cor de la Nymphe cruelle;
Mais dans son triste cœur le desir de la voir
Est long-temps combattu par son timide espoir,
Contre la fiere ISIS Amour aussi s'offence,
Et de tant de mespris entreprend la vengeance.

   Du plus haut des Rochers, qui de chaque costé
De LAIZE vont domtant l'impetuosité,
Quand de neiges enflée ou grosse de rauines
Elle donne l'alarme aux campagnes voisines;
Si tost que du vallon l'aspeƈt delicieux
De la charmante Nymphe eut attiré les yeux;
Elle n'eut pas pluftost dans la vaste prairie
Obserué du Berger la sombre resuerie;
Qu'à ie ne sçay quel trouble, où se sentit son cœur,
Elle reconneut bien que c'estoit son vainqueur.
La honte la retient si son Amour l'appelle,
Mais dans ce long combat regardant autour d'elle,

Et

Et remarquant qu'aucun n'accompagnoit ses pas;
Sa honte à beau combattre, Amour ne se rend pas.
La curiosité seule d'abord l'attire;
Et puis pour empescher qu'elle ne se retire
Sans vouloir escouter la plainte du Berger;
Amour adroitement la sçait bien engager.
Ce Demon inuentif est trop fertile en ruses,
Et iamais sous ses loix on n'a manqué d'excuses.
Par le reuers fatal d'vn caprice d'Amour,
Le respect du Berger l'inquiete à son tour.
Elle craint de le perdre, & blasmant sa colere,
En redoutte vn effect à ses vœux tout contraire;
Et remarquant enfin, qu'il n'ose l'aborder,
Par ce discours ce semble elle luy veut ayder.

Berger n'as tu point veu du haut de ces Montagnes,
Descendre en ce Vallon vne de mes Compagnes,
Courant l'arc en la main, & pressant de la voix
Vn Sanglier qui fuit au trauers de ces Bois?

Puis comme tout d'vn coup feignant de le connoistre,
Son couroux faux ou vray s'efforce de paroistre,
La presse, & l'auertit d'abandonner ces lieux;
Mais tout ce qu'elle peut, est de baisser les yeux;
Cependant qu'enhardy par son amour plus forte;
Ce malheureux Berger luy respond de la sorte.

Nymphe, ie n'ay point veu celle que vous suiuez;
Mais sur ces hauts rochers iusqu'aux Cieux esleuez,
Dans ces prez, sur ces fleurs comme estoiles semées,
Sur ces Riues, helas, si cherement aymées,

G

I'ay veu, cent fois, i'ay veu, dans ces aymables lieux,
Vn Miracle parfaict, vn Chef-d'œuure des Cieux ;
Vn Obiect sans pareil, vne Nymphe si belle,
Que son diuin esclat n'est point chose mortelle ;
Telle enfin, qu'à vous voir auec des traits si doux,
On croiroit aisément, que c'est Diane, ou Vous.
Au gré des doux Zephirs ces belles tresses blondes,
Comme à vous maintenant, libres flottent en ondes;
Son dos comme le vostre est chargé d'vn Carquois;
Mais las! si comme vous on la voit quelquefois
D'vn Cheureuil bondissant deuancer la vistesse ;
Et parmy ces forests celebre Chasseresse,
Tantost d'vn Sanglier la fureur arrester,
Ou par la mort d'vn Cerf son dard ensanglanter ;
Par vn destin cruel la mort de tant de bestes
Ne sçauroit l'assouuir, ny borner ses conquestes.
Depuis trois ans entiers dans ces deserts affreux
Elle poursuit encore vn Berger mal-heureux;
Ce Berger miserable à beau fuir deuant elle;
Sans cesse il est le but de sa chasse cruelle,
Rien ne la peut flechir, elle veut son trepas,
Et sa fuite à la fin ne le sauuera pas.
   A ces mots il se teut, & la Nymphe charmée
Du plaisir de se voir si constamment aimée,
Ne peut malgré l'effort de sa fiere rigueur,
S'empescher de se plaire à ce discours flatteur.
Son ame toutesfois encore combatuë
De sa flame secrette, & de sa retenuë,

Craint de deſeſperer ce mal-heureux Amant,
Et craint de decouurir ſon amoureux tourment.
  ATHYS, reſpondit-elle, eut touſiours l'art de feindre,
Sçeut flatter ſans raiſon, & ſans raiſon ſe plaindre:
Mais il faut auoüer, que c'eſt ſi galamment.
Que ſa temerité peut bien plaire vn moment,
Pour quiter toutefois ce diſcours, dont la ſuite
M'obligeroit ſans doute à quelque prompte fuite:
Depuis quand dans ces lieux eſtes vous reuenu,
Et qui vous a, Berger, ſi long-temps retenu?
  Ah! Nymphe, interrompit ſoudain ce miſerable,
Auez-vous oublié l'arreſt impitoyable,
Que lança contre moy voſtre iniuſte rigueur;
Quand enfin ie ne pûs vous cacher ma langueur.
En vous obeïſſant ie vis ma mort certaine;
Mais ie ne voulus point meriter voſtre haine;
Et ie me contentay dans mon banniſſement,
De ne la reſſentir au moins qu'iniuſtement.
I'allay donc en des lieux à moy ſeul acceſſibles
Choiſir pour ſoupirer des teſmoins inſenſibles;
Dans ces deſerts affreux, au fort de mes tourmens,
Les bois ſe ſont eſmeus de mes gemiſſemens;
Leurs mornes Deïtez quittant leurs ſolitudes
Ont daigné prendre part à mes inquietudes;
Et mille fois Echo, dans mon triſte entretien,
Pour ſoupirer mon mal, a negligé le ſien.
Mais ie trouue, qu'enfin ce mal eſt iucurable;
Que le remede eſt rude & bien peu profitable;

G ij

Et ie veux esperer qu'il me sera plus doux,
Puis qu'il en faut mourir, de mourir prés de vous.
Car enfin bien plustoft sur ces Riues champeftres,
Ces Buiffons en hauteur surpafferont ces Heftres;
Pluftoft auec les Loups, nos Brebis s'alliront:
Et leurs tendres Agneaux en leur garde mettront;
Pluftoft aymable Nymphe à LORNE plus profonde,
L A I Z E refufera le tribut de fon onde;   *(mer:*
A V R E & DROMME pluftoft paruiendront à la
Que ie puiffe iamais ceffer de vous aymer.
Nymphe c'eft mon deftin, & quoy qu'il en arriue,
Heureux, ou miferable il faut que ie le fuiue:
Helas affez fouuent ie veux m'en repentir,
Mais , helas, plus fouuent il y faut confentir.

   Ses foupirs , & fa voix à ces mots s'arrefterent;
Ses yeux fur ceux d'ISIS fixement s'attacherent;
Trifte, ou content, felon, que plus fiers, ou plus doux,
Il les croit enflamez d'amour ou de couroux.

   O Grand Dieu, doux Tyran, qui maiftrifes mon ame,
Amour , daigne en ce point l'echauffer de ta flame.
Que prés d'elle Apollon, que fes neuf doctes Sœurs
Ceffent de me vanter leurs charmantes douceurs.
Ces languiffans efforts d'vne ame combattuë,
Où la pudeur craintiue encore s'euertuë,
Ces amoureux foupirs fouuent entrecoupez;
Enfin ces , ie vous aime, à regret efchapez,
Sont de ton faint Empire; & fans te faire iniure
Autre que toy n'a droit d'en faire la peinture.

Du plus doux de tes traits, il faut estre enflamé;
Il faut aimant beaucoup, estre beaucoup aimé;
Il faut estre apellé dans tes sacrez misteres,
Pour pouuoir exprimer ces aimables coleres,
Ces inuitans refus, ces demeslez charmans,
Ces transports desirez, ces doux empressemens,
Et ces rudes combats, dont les plus fortes armes
Sont les soumissions, les soupirs, & les larmes.
*   Mais qu'en ce grand combat, que liuroit ce Berger,*
Amour voulut long-temps la gloire partager.
Auant qu'il eust finy, le Soleil sous les ondes
Auoit presque caché l'or de ses tresses blondes;
En sa place la Nuict à grand pas s'auançoit;
De son Trône brillant superbe le chassoit;
Et semblant lâchement luy ceder la victoire,
Foible il ne repoussoit son obscurité noire,
Qu'auecque des rayons desia tous amortis
Dedans le vaste sein de l'humide Thetis.
Cependant quand la Nymphe approcha de ces riues,
Qu'ATHIS fit retentir de ses langueurs plaintiues;
Ce bel Astre pour lors en l'ardente saison,
De ses plus chauds regards embrasant l'horison;
N'estoit qu'à la moitié de sa vaste carriere;
Mais c'eust esté trop peu que de sa course entiere.
Dans ces doux entretiens, dans ces charmans discours,
Il n'est point de Soleils, que l'on ne trouue cours.
En vain, cent fois en vain, la Nymphe s'en offence:
Son cœur n'aprouue plus sa longue resistance.

G iij

Helas, parfait Berger, dans ce plaisant seiour,
Helas, tu n'es pas seul, qui te plains de l' Amour;
Respondit-elle, enfin, malgré sa retenuë;
Ou surprise, ou pressée, ou contrainte, ou vaincuë.

Fin du troisiesme Chant.

CHANT QVATRIESME.

AVECQVE *tous les soins de l'amour paternel,*
La sage COLOMBELLE, *& le riche Cormel*
Esleuoient ceste Nymphe ; & dés son plus ten-
    dre âge,
N'ayant de leur amour que ce precieux gage,
Auoient mis tous leurs soins, & borné leurs desirs,
A l'heur d'entretenir ses innocens plaisirs.
Mais, ô Dieux, que ne peut vn amour incensée ?
Et dequoy n'est capable vne femme offencée ?
Ayant surpris la Nymphe, ayant par ses discours
De ses propres malheurs preueu le triste cours,
ARDENE *en sa fureur auide de vengeance,*
S'en va dans leur Palais porter la Défiance.

  Ce Monstre dangereux naist de la triste Peur,
Qui souuent le conçoit par vn rapport trompeur ;
Beaucoup la font encor sœur de la Ialousie ;
Son venin en effect blessant la fantaisie,
Dans l'esprit des Parens fait les mesmes effects,
Qu'en celuy des Maris l'autre souuent a faits.
Sa naissance est honteuse, & maintefois secrette,
Fille des-auoüée, elle naist en cachette ;
Mais plus elle est cachée alors qu'on la produit,
Elle en éclatte apres auecque plus de bruit ;

Elle regne en Tyran, & chasse des familles
L'amitié des Parens, & le respect des Filles.
Et luy resista peu ce repos eternel,
Qui sembloit estably chez le riche CORMEL.

   Par mille soins adroits la Bergere amoureuse,
Se rendant necessaire, vtile, officieuse,
Eut bien-tost leur oreille ; & par mille faux bruits
Sous vn zele apparent mechamment introduits,
De la Nymphe aisément leur donna tant d'alarmes,
Qu'au lieu de ces douceurs, qu'ils trouuoient en ces char-
Contre toute raison, tant de charmes bien-tost   (mes,
Deuinrent à leurs yeux vn penible depost.
Ainsi, quelques plaisirs, que souuent tu proposes,
Que d'espines ! Amour, accompagnent tes roses,
Ton bizare caprice, & le pouuoir du sort
Pour faire vn homme heureux ne sont iamais d'accord.
Tandis que ce Berger accablé de ses chaisnes,
Trouuoit la Belle ISIS insensible à ses peines ;
Au moins, s'il en eust pû contenter son espoir,
Il pouuoit n'estre pas vn moment sans la voir.
Cette rare Beauté si constamment aimée,
De ses fieres rigueurs est-elle desarmee,
Il faut souffrir prés d'elle, vn exil eternel
Et des soucis d'Amour sentir le plus mortel.

   Va-t'elle offrir ses vœux à la chaste Deesse,
ARDENE l'accompagne, & l'obserue sans cesse ;
Va-t'elle en la forest prendre ses doux esbats,
Cet obiect odieux est tousiours sur ses pas.

Par

Par l'arrest importun d'vne mere cruelle,
Ce dragon vigilant a tousiours l'œil sur elle.
Pour comble de mal-heur le cruel *MARMION*
Dont elle a reueillé l'iniuste passion
Ranimant son espoir par de faux artifices
La vient encor troubler dans ces doux exercices;
Presse son Hymenée, & Berger ie ne voy
Alors dans ton party, qu'Amour, ta Nymphe, & Toy.

Auecque leur secours, toutes les nuicts encore,
Souuent iusqu'au leuer de la brillante Aurore,
Il les voyoit pourtant ces charmes adorez,
Malgré tant d'ennemis contre luy coniurez.
Cent fois passant les murs du jardin de son pere,
Et brauant fierement son iniuste colere,
Au pied de son Chasteau sans peur il s'est rendu;
D'vn si diuin obiect quelquefois attendu.
A ce pauure Berger cent fois à la fenestre,
Rayonnante d'esclat, *ISIS* s'est fait paroistre;
Cent fois luy protesta, que sa constante foy
Iamais de ses parens ne receuroit la loy:
Escouta ses souspirs, & dans la nuict obscure
Luy renuoya les siens souuent auec vsure;
Luy iura que son feu seroit tousiours plus clair,
Que ces Astres qu'au Ciel elle voyoit briller;
Astres, qu'en son transport son amour mutuelle
Prit cent fois à tesmoin d'vne ardeur immortelle.

O Dieux combien de fois dedaignant iustement
De la vaine grandeur l'inutile ornement,

H

Ces superbes Palais, dont les sombres Tristesses,
La Contrainte, & la Peur sont souuent les hostesses,
Ces lambris éclatans, ces beaux licts , où iamais,
Le Repos innocent , & la tranquille Paix ,
(Seules felicitez du sage desirées)
Par leurs fiers possesseurs ne se sont rencontrées ;
Lasse de cét esclat, a-t'elle protesté
Qu'elle aimoit mieux ATHYS , & sa simplicité,
Qu'vne pauure cabane , vn toict couuert de chaume ,
Valloit mieux à son gré , que le plus grand Royaume ;
Pourueu qu'en son amour libre de tout ennuy,
Elle eust pû pour tousiours l'habiter auec luy.

Aussi, vaines grandeurs, orgueilleuses richesses,
Pompe demesurée , excessiues largesses,
Flattez l'ambition d'vn Esprit de la Cour :
Mais dequoy seruez vous à qui se meurt d'Amour ?
Et puis est-il des maux , dont la rigueur esgale,
Celle d'estre commise en garde à sa riuale ?

Amants , employez bien ces entretiens si doux,
Vostre cruel Dragon ne dort non plus que vous.
Bien-tost au pauure ATHYS cette fenestre aimée
La nuict comme le iour se trouuera fermée ;
Et ne receura plus , que ses tristes regards,
Vers elle encor pourtant tournez de toutes parts.
La Nymphe cependant prisonniere chez elle
Solitaire gemit comme la tourterelle,
Quand vefue inconsolable , aux plus sombres forests
D'Arbre en arbre elle va faisant ses long regrets.

Par mille cruautez, sa Riualle importune,
Redouble à tout moment sa cruelle infortune;
De ses fascheux Parens gaigne tous les valets;
Les met tousiours en garde autour de son Palais;
Luy dresse incessamment quelque embusche nouuelle;
Le iour la suit par tout, la nuict couche aupres d'elle;
Sans que iamais trauail, veilles, abbattement,
Puissent en tout ce temps l'assoupir vn moment:
Car qui peut aisément deceuoir vne Amante?
Certes hors vne Amante, vne autre en vain le tente.

Sa Nourrice, sa chere, & fidelle CALIS,
Voyant ses doux attraits de tristesse paslis,
Sensible à sa douleur, encline à son seruice,
Et naturellement detestant l'iniustice,
Craignant que tant d'ennuy ne troublast sa raison;
Luy fit connoistre vne herbe, ou plustost vn poison,
Admirable en sa force, & tel que d'Argus mesme
Il auroit endormy la vigilance extresme.
Soudain elle en cueillit, soudain son desespoir
En voulut esprouuer le merueilleux pouuoir;
Et plus soudain encor dans son impatience,
Voulant tirer le fruit de cette experience,
Tandis qu'Ardene dort d'vn paisible repos,
A son fidelle ATHYS elle escrit en ces mots.

Aymable ATHYS, au leuer de la lune,
Au premier iour des festes de Bacchus,
Malgré ma Riuale importune
Nos fiers destins seront vaincus;

Si paßant la Riuiere,
Dans la foreſt, au premier carefour,
Tu te trouues ce iour
Auecque ton amour;
Comme ie m'y rendray ſans doute la premiere,
Auecque mon cœur, & ma foy
Qui ne ſeront iamais qu'à toy.
Mais par qui pourra t'elle enuoyer cette lettre?
A qui ce cher dépoſt pourra-t'elle commettre?
Son aymable Berger outré de mille ennuis,
Au tour de ſa priſon erre toutes les nuiĉts;
Mais elle n'en ſcait rien, par cent noires pratiques
ARDENE s'eſt contre elle acquis ſes Domeſti-
    ques;
Que l'apparence, ô Dieux, trompe ſouuentesfois;
Elle ne pouuoit faire vn plus malheureux choix.
D'ANAS ſimple, & candide, & fils de ſa Nourrice,
Qui n'auroit ainſi qu'elle attendu ce ſeruice?
Son eſpoir fut deçeu; mais qui ne l'euſt eſté,
Par le ſemblant trompeur de ſa ſimplicité;
Et dans ce choix fatal l'exemple de ſa mere
Permet-il qu'vn moment la Nymphe delibere.
S'il euſt conneu ſon crime, auſſi certainement,
S'y fuſt-il reſolu plus difficillement.
Si par mal-heur auſſi la ialouſe Riuale,
De hazard n'euſt charmé ſon ame deloyalle.
Et quel amant iamais ſans peine, ou ſans regret
A ſa Maiſtreſſe a peu refuſer ſon ſecret;

Sur tout quand il a creu de quelque recompenſe
Par ſa deloyauté flatter ſon eſperance ?
　A peine a-t'il receu ce dangereux depoſt,
Qu'en ſon perfide cœur l'embraſſant auſſi-toſt,
Comme vn moyen certain d'obliger ſa maiſtreſſe,
Il court en la foreſt d'vne extreme viteſſe,
Où par hazard alors du cruel Marmion
Son addreſſe animoit l'iniuſte paſſion.

　Ce iour-là par mal-heur, le Berger trop aymable,
La venoit d'affliger d'vn meſpris incroyable ;
Senſiblement outré de voir de tous coſtez,
Qu'elle faiſoit obſtacle à ſes felicitez.
Auſſi du traiſtre Anas, dans ſa douleur nouuelle,
A peine euſt-elle ouy le rapport infidelle ;
Que ſoudain au Tyran addreſſant ſon diſcours.
Voy, dit-elle, grand Roy, le fruit de tes amours ;
Decouure le Riual, qui fait qu'on te meſpriſe ;
Et iuge de l'obiect dont ton ame eſt eſpriſe ?
A ces mots ſe tournant vers le perfide A N A S,
Va luy dit-elle encor, Berger, haſte tes pas ;
Pour tromper ces Amans qu'importe qu'ils eſperent ;
Si malgré ce qu'entre-eux leurs flames deliberent,
Par cent moyens diuers, il eſt en mon pouuoir
D'irriter leur amour, & tromper leur eſpoir.

　Soudain partit Anas ; & dans la ioye extréme
Qu'on a de pouuoir plaire à l'obiet que l'on aime,
Il vient fidelle Amant, & traiſtre Meſſager
Aporte cette lettre à l'amoureux Berger.

H iij

Et moy, dit le Tyran, sage, & discrete Ardene,
Qu'vn desir genereux interesse en ma peine ;
Le fort, si tu le veux me liure entre les mains,
Celle qui pour mon sceptre a de si fiers desdains.
Ie puis au rendez-vous aisément la surprendre,
L'enleuer dans mon fort, & l'y laisser attendre,
Que l'Amant, qu'à mon throsne elle ose preferer,
Auec mille estandars vienne l'en retirer :
Mais fais la garde exacte, où ton deuoir t'engage ;
C'est par le mespris seul qu'on venge vn tel outrage.
Apres l'indignité de son abaissement,
Ie ne puis sans rougir m'aduoüer son Amant.
L'affront qu'elle se fait me tient lieu de vangeance ;
Et si ie veux enfin penser à cette offence,
Le Monarque est heureux, qui se voulant vanger
Le peut, quand il luy plaist, par la mort d'vn Berger.

    Ardene n'ouyt point ces dernieres paroles ;
Ces menaces sans doute eussent esté friuoles.
Son cœur, quoy qu'indigné, n'eust pas si librement
Aux fureurs d'vn Riual exposé son amant ;
Mais le Roy transporté de sa rage cruelle,
Finissant ce discours estoit desia loin d'elle.
Tout ce qu'elle auroit pû, dans son mortel ennuy,
Car elle n'estoit pas si meschante que luy,
Peut-estre c'eust esté pour contenter sa haine,
De donner à la Nymphe vne inutille peine ;
De luy laisser nourrir vn espoir malheureux,
Pour descouurir apres son complot amoureux ;

Et croyant toufiours bien le reduire en fumée,
La rendre miferable & la voir diffamée.
Ou pluftoft (car dequoy ne fe flatte l'amour)
De fe rendre au lieu d'elle au premier carrefour;
Et cette fois encor de fon Berger aimable
Effayer d'adoucir la rigueur implacable;
Prier, preffer, flatter, & ioindre en fes douleurs
La menace à la plainte, & le reproche aux pleurs;
Luy montrer le peril, qu'il euft couru fans elle,
Son audace impuiffante, aueugle, & criminelle;
Le pouuoir de CORMEL, & fon iufte couroux,
La rage d'vn Tyran, & d'vn Tyran ialoux;
Et luy dire (ouy c'eftoit fa plus preffante enuie)
Souuiens toy que du moins ie t'ay fauué la vie.

Mais le Tyran refoult d'employer le poifon,
De poignarder ATHYS dans fa propre maifon,
D'embrazer fa cabane, exterminer fa race;
Et pouffant iufqu'au bout fa tyrannique audace,
Pour comble de fureur, dans tous fes noirs deffeins,
Mefmes de fe feruir de fes Royalles mains.
Et certes s'il n'euft craint, de voir fa Tyrannie
Par vn fouleuement de fes peuples punie,
Ou le couroux vengeur des Domeftiques Dieux,
Que n'auroit pas ofé fon amour furieux?
Mais du plus fier Tyran l'ame double & perfide,
Mefme dans fa fureur eft farouche & timide;
Il ne croit s'affurer, qu'en cachant fes forfaits;
Et toufiours les denie apres les auoir faits.

Le Soleil par trois fois deuoit encor sous l'onde
Plonger le char brillant, qui fait le tour du monde;
Auant qu'il amenast ce moment bien-heureux
Assigné par la Nymphe au Berger amoureux.
Durant tous ces trois iours, le Tyran sombre, & morne,
Caché dans la forest sur la Riue de l'Orne,
Auide de vengeance attendoit le Berger
A dessein s'il passoit de l'y faire esgorger.
Mais cette fois encor traistre à son ordinaire,
Pour sa Maistresse mesme ANAS ne se pût taire.
Si tost qu'il vit ATHIS, il ne pût luy celer,
Qu'à la charmante Nymphe il ne pourroit parler,
Et que pour son mal-heur la ialouse Bergere,
Disposoit tout contre elle au logis de son pere.
Ainsi se preparant à son esloignement,
Il attendoit chez luy ce bien-heureux moment;
S'apprestant pour s'enfuir, mais dans cette auanture,
Le cœur pressé d'ennuis, & l'ame à la torture,
Esprouuant bien aussi, combien est long vn iour,
Quand il precede ceux, qu'on promet à l'amour.
   Elle vint cependant cette heure desirée,
Par tout fut de Bacchus la Feste celebrée;
Ce iour l'Astre du Ciel, de son Char lumineux,
Ne vid sur l'horison, que Festins, & que Ieux;
Le vin, la bonne chere, & l'horreur du silence
Auoient des plus grands soins charmé l'impatience;
Personne ne veilloit, excepté seulement
Cette adorable Nymphe & son fidelle Amant.

La

La Bergere à leur dam touſiours ſi vigilante
Auoit ſenty l'effect de l'herbe aſſoupiſſante;
Malgré de ſon tranſport les ſoins iniurieux,
Cét importun Argus auoit fermé les yeux.
Soudain par ſon amour aduertie, & conduitte,
La Nymphe prend ce temps ſi propre pour ſa fuite;
Tremblante ouure ſa chambre, & deſcend dans la cour;
Et des dogues laſcheʒ, qui veilloient à l'entour,
Preuenant les abois, en leur faiſant careſſe,
Elle s'eſchape enfin le cœur plein d'allegreſſe.
Mais de tant de treſors chez ſon pere laiſſez,
Pour elle ſeulement, par ſes ſoins amaſſez,
Elle n'emporte rien, qu'vne ſeule houlette,
Dont pour gage aſſeuré de ſon amour parfaite,
Son fidelle Berger autrefois luy fit don;
Et qu'il graua depuis des chiffres de ſon nom.
      Auec ce gage auſſi trop riche, eſtant contente
(Si l'on peut toute-fois l'eſtre, & viure en attente)
Dans l'obſcure foreſt, au premier carrefour
Elle attend en repos l'obiect de ſon amour.
      Deſia depuis long-temps deſuelopant ſes voiles
La Nuict auoit au Ciel fait briller ſes eſtoilles,
Quand ſur noſtre Horiſon la Lune paroiſſant
Fit reſplendir les rays de ſon paſle Croiſſant;
Car dans ſon cercle obſcur, depuis qu'elle eſtoit pleine,
Pour la ſixieſme fois rouloit ſon char d'ebene.
      Dans ſa bruſlante ardeur, malgré l'obſcurité,
L'impatient Berger n'attend pas ſa clarté;

                                          I

Le triste MARCELET par les môts, par les plaines,
En sa recherche encor perdoit toutes ses peines ;
Et quand ce Frere aymable eust esté de retour,
Il eust mal-aisément combattu son amour.
N'ayant non plus pour nuire à sa bonne fortune,
Ny seueres parens, ny marastre importune ;
Bien long-temps auant l'heure en son pressant tourment,
De sa pauure cabane il s'echappe aisément ;
Et vient au bord de l'ORNE y chercher la nacelle,
Qui tant de fois seruit sa passion fidelle.
Mais il a beau chercher, ses soins sont superflus,
Il court toute la Riue, & ne la trouue plus.
Son perfide Riual, cét indigne Monarque,
Ayant à l'autre bord fait passer cette barque,
De crainte que quelqu'vn ne la fist repasser,
Dedans le fleuue encor l'auoit fait enfoncer ;
Et se tenoit caché dans la forest obscure,
Pour iouyr en son cœur de son triste murmure,
Assouuir son couroux de ses cruels tourments,
Et prendre le plaisir de ses gemissemens.   (*tendre*
    Sur vn ton moins touchant, moins lugubre, & moins
Aux ormeaux écartez, fait ses plaintes entendre,
Le triste Rossignol, qui trouue auec douleur
Ses petits enleuez par le ieune Pasteur.
Que d'accens langoureux, que de douleurs plaintiues,
Ne fist lors retentir les echos de ces Riues,
Ce mal-heureux Berger, dont l'espoir confondu
Creut voir en vn moment tout son bon-heur perdu.

Ô Dieux combien de fois d'vne legere courſe,
Marchant auec le fleuue, & montant vers ſa ſource?
Pour chercher vn paſſage eſt-il party ſoudain,
Sans en pouuoir former vn aſſeuré deſſein?
Qui ne connoiſt l'amour? & par experience
D'vn veritable Amant ne ſcait l'impatience?

   Bien auant dans la nuict, comme à regret, enfin,
La lune vint blanchir les portes du matin.
A peine il aperçoit ſa lumiere empruntée,
Qu'au haut de l'horiſon il la croid voir montée.
Chaque trait qu'elle lance, accuſant ſa langueur
Eſt vn coup de poignard, qui luy perce le cœur;
Sa Maiſtreſſe l'attend; & ſon amour coupable
Ne peut meſme trouuer d'excuſe raiſonnable;
O fortunez momens, ô plaiſirs attendus,
Qui vous a differez, ſouuent vous a perdus:
Mais vn amant, qui peut ſouffrir, qu'on vous differe,
Quelque raiſon qu'il ait ne vous merite guere.

   Le ſouffle impetueux des bruyans Aquilons,
De toute ſa rigueur affligeoit nos valons;
La neige, dont la terre eſtoit toute couuerte,
Cachoit des hauts Sapins la cheuelure verte;
Tous les arbres chenus, dans leur triſte langueur,
Sembloient par les frimas ſeichez iuſques au cœur;
Se croyant tranſportée aux froids climats de l'Ourſe,
Trembloit mainte Nayade, au plus creux de ſa ſource;
Dans les meſmes frayeurs, dans les meſmes tranſports,
Le Dieu d'ORNE voyoit endurcir ſes deux bords;

Et les glaçons eſpais flottant deſſus ſes ondes
Preſts à l'empriſonner dans ſes grottes profondes.

   Mais Amour ne void rien dont il ne vienne à bout;
Mais il ne faut qu'aimer, pour triompher de tout.
Le Berger ſur la Riue erre, gemit, balance;
Mais dans le fleuue enfin hardiment il s'eſlance,
De ſa cheute ſoudaine eſtonne les poiſſons,
De ſon agille bras eſcarte les glaçons,
Et plus viſte qu'vn trait, d'vne adreſſe diuerſe,
Fend l'onde, ſans ſentir le froid qui le tranſperce.

   Quel de vous, O grands Dieux, manqua-t'il d'inuo-
Ou pluſtoſt quel Demon deut alors euoquer,   (quer?
De ſon cruel Riual l'amour deſeſperée,
Par qui fut ſi ſoudain ſa perte coniurée?
Quand de rage de voir, que par vn prompt effort,
Deſia du large fleuue il touchoit l'autre bord;
Le cœur tout effrayé de ſon extréme audace,
Et ſous luy de la Riue oyant fondre la glace,
D'vne tremblante main, d'vn regard eſperdu;
De ſon arc contre luy perfidement tendu
Il tire, & fait ſonner la corde relaſchée,
Et voler en ſon cœur la fleche decochée.

   Sur l'ORNE toutefois le bruit encore eſt tel,
Que ce perfide coup ne fut pas ſi mortel,
Et certes ce n'eſt pas ſans quelque coniecture;
Car enfin en deſpit de l'extréme froidure,
Il gagne le Riuage, & tout bleſſé qu'il eſt,
Sçauant dans les deſtours de l'obſcure foreſt,

Du Tyran inhumain il braue la pourſuitte ;
Il deuance ſes traits par vne prompte fuitte ;
Et ſans doute il n'euſt pû monſtrer tant de vigueur,
Si ce perfide coup euſt trauerſé ſon cœur.
　　Si ce n'eſt toutefois, qu'auſſi l'on puiſſe dire,
Qu'Amour, qui dans ce cœur eſtablit ſon Empire,
Pour ſa gloire voulant ſa puiſſance prouuer,
Y combatit long-temps pour ſe le conſeruer ;
De ſes traits repouſſa ceux de la noire Parque ;
Pour faire voir du moins par cette haute marque
(Puis qu'aucun n'a iamais ſon deſtin euité)
L'eſtime qu'il faiſoit de ſa fidelité ;
Et pour ne pas ſouffrir, que ſon Riual perfide
Aſſouuiſt ſur ſon corps ſa fureur homicide.
　　Long-temps il le ſuiuit l'arc encore tendu ;
Mais enfin par le ſang ſur la neige eſpandu
Aperceuant ſon crime à la lueur eſpaiſſe,
Dont alors eſclattoit l'inegalle Deeſſe ;
Il s'enfuit tourmenté de remords dechirans,
Comme le ſont touſiours les coupables Tyrans.
Sans ceſſe il penſe voir deuant ſes yeux timides,
Les flambeaux puniſſeurs des pales Eumenides ;
Sans ceſſe il penſe ouyr, dans le trouble qu'il ſent,
La pourſuiuante voix du ſang de l'innocent ;
Sur ſon chef criminel, il oit gronder la foudre ;
Voit ſes traits flamboyants preſts à le mettre en poudre,
Mille monſtres diuers pour ſa perte accourir :
Et ſous ſes pas tremblants la terre s'entr'ouurir.

I iij

ATHYS,

Sur luy dans son donjon il fait clorre cent' portes;
Mais que peuuent seruir mille & mille cohortes,
Les plus massiues tours, les plus larges sossez,
A qui void contre soy tous les Dieux courroucez ?
    Bien-tost du sier Tyran l'epouuantable crime
Arma du Ciel vangeur le couroux legitime ;
Son superbe Palais, par le foudre detruit,
Se vid en vn moment en poussiere reduit ;
Et le puissant effect des vengeances diuines,
Ne laissa que son nom, à ces tristes ruines.
Contraint de se sauuer dans les sombres forests,
Il cherche espouuanté les forts les plus espais ;
Fuit l'aspect des humains, le iour, & la lumiere ;
Dés bestes aisément prend l'humeur carnassiere ;
Et n'ayant rien d'humain que le corps & la voix,
Perd insensiblement l'vn & l'autre en ces Bois.
Vn poil espais & dur sur tout son corps se glisse ;
Sur son dos estendu plus rude se herisse ;
Dans son estonnement il tâche de parler ;
Mais son oreille entend, qu'il ne fait que hurler.
Se rencontrant au bord d'vne onde claire, & pure,
Il void, que son visage a changé de figure ;
Et nouueau Lycaon trouue enfin plein d'effroy ;
Que les Dieux l'ont puny comme ce meschant Roy.
    Mais du sang innocent, que ses traits espancherent,
Plus hautement encor ces grands Dieux se vengerent.
L'ORNE, qui sur ses bords vid ces grands chastimens
Nous en fait voir encor d'eternels monumens.
    Fin du quatriesme Chant.

CHANT CINQVIESME.

QVE fera cependant parmy ces solitudes
La Nymphe abandonnée à ses inquietudes?
O qu'il est mal-aisé d'aimer, & d'estre heureux,
De voir bien raisonner vn esprit amoureux;
Que ses desirs, ses soins, & ses impatiences
Luy font prendre aisément d'iniustes defiances.
Ah! seroit-il bien vray, qu'à quelque changement
Elle pût imputer ce long retardement.
L'heure vient, & se passe, & dans sa longue attente,
Elle se trouue seule, & la nuict l'espouuante.
Que peut imaginer vne amante en ce point?
Mais que peut-elle aussi ne s'imaginer point?
En son esprit flottant cent diuerses pensées
Roulent, & sont soudain par d'autres effacées,
Et son cœur combattu n'est pas moins tourmenté,
Que les flots inconstants de l'Euripe agité.
Elle croit son Berger ingrat, leger, pariure;
Puis ne luy pouuant faire vne si grande iniure,
Condamne iustement son iniuste transport;
Le croit mal aduerty, surpris, malade, ou mort;
Croit que malgré l'effect de son herbe fatale
Le someil a quitté sa perfide Riuale;

Et qu'ayant reueillé ses parens assoupis,
Ils se seront vangez sur son aimable ATHYS.
Sa frayeur redoublée à chaque obiect s'augmente;
Plus que la Nuict encor la Clarté l'espouuante:
Et sans cesse elle croit, que les rays du Croissant
Par l'approche du Iour se vont affoiblissant;
Que parmy ces forests l'Aurore matinale
A pris son rendez-vous auec le beau Cephale;
Et que desia laissant son Vieillard sommeiller
Ses traits vers le matin commencent de briller.
Son espoir s'affoiblit en se lassant d'attendre;
Mais dans ce grand desordre, enfin, quel conseil pren-
Chez son Pere irrité peut-elle recourir,.   (dre?
Où tout est disposé pour l'y faire perir;
Ira-telle honteuse, humble, triste, esplorée,
Rechercher vn azile en quelque autre contrée;
Ouy sa honte aisément l'y pourroit obliger,
Mais pourroit-elle aussi partir sans son Berger?
Plus auant dans ces bois ira-t'elle tremblante,
Asseurer pour le moins son ennuyeuse attente;
Son effroy le voudroit; mais si dans ce moment
Par hazard fust venu son malheureux Amant,
De l'ennuy, qu'il eust eu dans son impatience,
Eust-elle moins que luy senty la violence;
Car elle espere encor; mesme au plus malheureux
Tousiours quelque espoir reste en l'Empire amoureux.

    Si dans le triste estat, où son ame est reduitte
Sa Nourrice eust du moins accompagné sa fuitte;

La

La laiſſant en ce lieu, ſans peur de s'engager
Elle euſt couru bien viſte au deuant du Berger;
Mais combien par malheur de differentes routes
Menoient toutes au fleuue, & qu'il connoiſſoit toutes,
Et de tant de ſentiers s'il fuſt enfin venu,
Qui pouuoit luy montrer celuy qu'elle euſt tenu.

Apres tant de conſeils long-temps mis en balance,
Ce dernier fut choiſi par ſon impatience,
Songeant auec raiſon, que s'il eſtoit paſſé,
La neige marqueroit ſon paſſage tracé;
Et s'il ne l'eſtoit pas, qu'au riuage du fleuue
Elle en verroit du moins l'indubitable preuue;
Dans le doute affligeant d'vn iniurieux ſort,
Apprendre ſon malheur eſt quelque reconfort.
Las au deuant du ſien elle ſe precipite,
Et redouble ſes pas pour y coure plus viſte.
Par trois fois ſa frayeur la voulut arreſter;
Mais ſon mauuais deſtin touſiours la vint haſter.
Par vn preſentiment de ſes triſtes alarmes,
Sa bouche ſoupiroit, ſes yeux fondoient en larmes,
Et ſur le bord du fleuue elle ſe trouue enfin
Comme inſtruite deſia de ſon cruel deſtin.
Alors l'Aſtre du iour commençoit ſa carriere,
Et de ſes premiers traits la naiſſante lumiere
La cyme blanchiſſoit de ce coſteau fameux,
Qui garde encor le nom du Berger amoureux.
Des voiles de la nuiɥt l'eſpaiſſeur decouuerte
Ne laiſſe que trop voir de marques de ſa perte;

K

Dans les pas du Berger ceux du Roy confondus
Attirent tout d'vn coup ses regards esperdus ;
Mais quand elle aperçoit la Nacelle enfoncée,
La Riue encor sanglante, & la glace cassée,
Que ne luy fit pas dire aux Astres innocens
L'impetueux transport qui maitrisoit ses sens ?
Dans l'estrange fureur, dont elle est possedée,
Bien plustost par son sang, que par ses pas guidée,
A peine en son rapide, & prompt emportement
Son passage leger sur la neige imprimant,
La cheuelure esparse, & la face esplorée,
L'ame pleine d'ennuis, & la veuë esgarée,
Elle court, & paruient à l'endroit malheureux,
Où venoit d'expirer le Berger amoureux.
Son corps pasle, & sanglant, sa playe encor fumante,
Et de ses yeux ternis la lumiere mourante,
Si sa bouche se tait, ne parlent que trop bien ;
Et dans leur pitoyable, & funeste entretien,
A son Amante, helas, de son Riual perfide
N'expriment que trop bien la fureur homicide.
Mais fidelle, & constant iusquau dernier soupir,
Ne pouuant luy parler auant que de mourir,
Pour luy prouuer encor sa foy pure, & sincere,
S'arrachant de son corps la fleche meurtriere,
Il en auoit ces mots, sur la neige tracez ;
Que son sang toutefois auoit presque effacez.

   A dieu charmant obiect de mon cruel martyre,
Souuenez vous, qu' au moins, c'est pour vous que i'expire,

Ie quite sans regret la lumiere du iour,
Mais non pas (il vouloit adiouter mon amour)
Quand enfin tout d'vn coup la Parque mutinée
Trancha ce mot si doux auec sa destinée ;
De ses glaçons mortels vint tout son corps geler ;
Et de son crespe obscur ses paupieres voiler ;
Ne pouuant plus souffrir, qu'auecque tant d'audace
Amour plus longuement luy disputât la place.

Dieux, s'escria la Nymphe, aueugles, & cruels,
Que sert de recourir au pied de vos Autels ?
Si souuent vostre foudre agissant par caprice
Accable l'innocence, & defend l'iniustice.
Mais Dieux, iniustes Dieux, si vostre cruauté,
Void, m'ostant mon Berger, qu'elle m'a tout osté :
Croid-elle me contraindre encore à le suruiure,
Et dans mon desespoir m'empescher de le suiure.
La vie a-telle rien, qui nous doiue charmer,
Quand il en faut iouïr sans pouuoir rien aimer ?
O trop aimé Berger, ainsi que trop aimable ;
O toy, qui seul d'aimer m'as pû rendre capable :
N'attends pas des regrets, & des pleurs superflus
Tes beaux yeux sont fermez, & tu ne m'entends plus.
Il faut fidelle ATHYS, par de plus fortes marques
Te montrer que ma foy braue les fieres Parques ;
Que leurs tristes fuseaux, qui limitent nos iours,
N'ont pas ce grand pouuoir sur nos chastes amours ;
Et que leurs noirs ciseaux à tous si redoutables
Ne peuuent des-vnir deux amants veritables.

K ij

  A ces mots (car ce n'est qu'aux legeres douleurs
Que sied la longue plainte, & les ruisseaux de pleurs)
Sa bouche se ferma, ses beaux yeux se secherent,
Et plus vifs que iamais d'eclat estincelerent ;
Mais sa main aussi-tost resoluë à la mort
Vers la main du Berger se porte auec effort,
Affin d'en arracher la fleche encor sanglante,
(Fleche à percer vn cœur à son dam si sçauante)
Et pour auoir du moins le triste reconfort
De pouuoir expirer par vne mesme mort.

  Elle croyoit tenir cette fatale fleche,
Quand pour faire en son sein vne mortelle breche,
Ayant leué le bras, & detourné les yeux ;
O d'vn rare miracle effect prodigieux !
La sentant reboucher, dans sa fureur deceuë,
Elle est contrainte enfin de rappeller sa veuë ;
Et ne trouue en sa main qu'vn fresle, & verd rameau
Freschement arraché d'vn naissant arbrisseau ;
Et ce qui plus outra son ame desolée
Impuissant de seruir sa fureur redoublée.
Par l'effroy de la mort tous ses sens dissipez,
De ce coup impreueu nouuellement frappez,
Reuiennent comme en foule, ensemble s'espouuantent ;
Et dans leur iugement l'vn l'autre se dementent ;
Tant qu'elle ne sçauroit en son lugubre sort,
S'assurer, qu'elle viue, ou comprendre sa mort.

  Interdite esblouye, egarée, esperduë,
Tout autour de la place elle iette la veuë,

Toute esmeuë, & confuse en son estonnement,
De n'y retrouuer rien de son fidelle amant.
Aussi, qui pourroit croire vne telle auanture!
Tandis qu'elle s'emporte en son triste murmure,
Ce corps sanglant, & froid sur ses pieds releué,
Prend aussi-tost racine, & plus haut esleué,
Au lieu de ses cheueux poussé iusques aux nuës
D'vn arbre tousiours verd mille branches toffuës.
Admirant ce miracle, & comme est tost venu
Ce bel arbre en ces lieux iusqu'à lors inconnu,
Et se trouuant anprés du Temple de Diane
Où mille fois fuyant le vulgaire profane
Pure & nette elle auoit fait fumer tant d'encens,
Et chargé ses Autels de si riches presens;
Cedant à ses ennuis, en sa grande destresse
Elle veut recourir aux pieds de la Deesse;
Pour luy mettre en depost ses miserables iours,
Et contre ses parens luy demander secours.
Mais pour nous affranchir d'vn pouuoir Tyrannique
C'est assez pour les Dieux que nostre cœur s'explique.
Qu'ont affaire nos vœux de leur estre exprimez,
S'ils les connoissent mesme, auant qu'ils soient formez?
De la chaste Deesse ISIS fut exaucée;
A peine vers son Temple elle s'est auancée,
Qu'elle sent que ses pieds ne peuuent plus marcher,
Que sa robe à son corps commence à s'attacher,
Et qu'enfin immobile, abbatuë, & sans force
Elle se voit couurir d'vne grisastre escorce.

K iij

Elle veut s'escrier, mais son triste soucy
Est soudain reserré dans son cœur endurcy:
Sa langue auec ses dents à son Palais vnie,
Et de ses yeux si beaux la lumiere ternie
Perdant en mesme temps, au fort de ses douleurs,
L'vsage des soupirs, de la plainte, & des pleurs.
Surprise au dernier point, dans ce moment encore
Elle leue les bras vers le Ciel qu'elle implore.
Mais ses bras esleuez ainsi que ses cheueux
Soudain sont conuertis en rameaux ombrageux.

     Ce couple infortuné depuis cette auanture,
De deux IFS verdoyans conserue la figure.
D'ISIS, ont pris leur nom ces deux arbres fameux,
Comme le lieu, qui vid leur destin merueilleux.

     Ce Temple que l'on void en la mesme contrée
Est le mesme où iadis fut Diane adorée.

     L'aimable nom d'ATHYS des siecles reueré,
A son hameau depuis est tousiours demeuré;
Et fait encor sur l'ORNE enuier sa memoire
Aux plus parfaits Bergers de Garonne, & de Loyre.

     Ces saules tousiours verds, qui se mirent dans l'eau
Et vont bordant le fleuue au pied de ce hameau,
Ainsi qu'vn peu plus haut ces celebres fontaines,
Qui par mille canaux descendent de ces plaines,
Et prés du fleuue encor formant cent clairs ruisseaux,
Luy viennent apporter le tribut de leurs eaux;
Des Bergers desolez, des Nymphes esplorées,
Qui languirent tousiours en ces tristes contrées,

Depuis ce memorable & trifte euenement ;
Sont, comme on tient encor, le fameux changement.
Cette grande foreft, qui de ces verds riuages
Iufqu'à ceux, où la DIVE arrofe tant d'herbages,
Antique, & venerable efleuoit iufqu'aux Cieux,
Et mille hauts fapins, & mille chefnes vieux ;
Et des riues de LAIZE, aux bords du fier Nerée
Paroit fi noblement cette belle contrée ;
Depuis le noir forfait de fon fier poffeffeur,
Aride incontinent fecha iufques au cœur.
Auffi-toft par le pied tous fes arbres pourirent ;
De leurs troncs auffi-toft les Driades fortirent ;
Le Satyre lafcif, le farouche Syluain,
Leurs antres defcouuerts abandonnent foudain ;
Et ne pouuant fouffrir la clarté redoutée,
Des Nymphes vont fuiuant la troupe efpouuantée.
Du printemps reuenu les attraits gracieux,
Ramenant des oyfeaux le chant melodieux,
Ne purent reparer le chaftiment infigne,
Qu'attira fur ces bois leur poffeffeur indigne ;
Ne pureut ranimer leur funefte langueur ;
Ny rendre à leurs rameaux leur ancienne verdeur.
Hors les deux IFS Sacrez que les fiecles reuerent
A ce grand chaftiment nuls arbres n'echaperent.
Dans le large contour de ces noires forefts,
Le terrain infecond languit longtemps apres.
Longtemps encor depuis cette vafte eftenduë
Sans herbe, & fans moiffons demeura trifte & nuë.

Comme on le voit encor par ce tertre esleué,
Qui du riche CORMEL le nom a conserué.

Ce pere malheureux, à sa noire tristesse,
Vid bien-tost succomber son extréme vieillesse,
La sage COLOMBELLE, & la vieille CALIS,
Ayant toutes en pleurs ses os enseuelis,
Et les ayant rangez au tombeau de ses peres;
Ne pouuant resister à leurs douleurs ameres,
Qui redoubloient sans cesse à l'obiect malheureux
De ce triste Sepulchre & des arbres fameux;
Loin de ce beau seiour rendu si hayssable,
Allerent acheuer leur destin deplorable.
Dans ces lieux, où leur nom conserué iusqu'à nous
Marque encor leur demeure en ce climat si doux;
Sur les riuage d'ORNE, où pour plus forte preuue,
Que leurs pleurs maintefois firent grossir ce fleuue;
Ce fleuue cher tesmoin de leurs grandes douleurs,
Est encor quelquefois tout amer de leurs pleurs.

Mais que deuint enfin l'amoureuse Bergere?
Ah qu'elle esprouua bien, que quoy qu'on puisse faire,
Quand vne fois amour s'est emparé d'vn cœur,
Iusqu'au dernier soupir, il y regne en vainqueur.
Pour sa punition, sous cette forme encore,
Tousiours elle aime ATHYS, tousiours elle l'adore;
Et prés de luy sans cesse, & les iours, & les nuicts,
Se laisse consumer à ces tristes ennuis.
Car des amants changez l'espece differente,
Comme iadis leur sexe, est encor apparente;

Et

Et des arbres sacrez, on peut encor iuger
Que des deux fut ISIS & qui fut le Berger.
En vain le pauure ANAS ialoux s'en desespere,
Et de sa trahison demande le salaire;
Ingratte à son seruice, insensible à ses pleurs,
Inhumaine à ses cris, cruelle à ses douleurs,
Cét arbre verdoyant seul encore la touche;
Elle ne peut d'vn pas s'esloigner de sa souche,
Le caresse, l'estraint, le baise auec transport;
Et le croyant sensible à son iuste remord,
D'vne mourante voix sans cesse de ses crimes
Tâche à luy faire ouyr les regrets legitimes.
Et quoy que sa Riuale encore aupres de luy
Deust auecque raison augmenter son ennuy:
Puis que comme aux palmiers sembloit son verd feuil-
De sa presence encor tirer quelque auantage,　　　*(lage*
La Nymphe en cét estat n'est plus à redouter,
Et toute sa beauté ne peut l'inquieter.
O Dieux, qu'elle eust esté contente en sa misere,
Si de son cher ATHYS l'inexorable frere
Eust voulu consentir, que de ses tristes iours
Elle eust pû prés de luy, finir le triste cours.
Mais il fallut partir, quand elle fut certaine,
Qu'à la fin reuenu de sa queste lointaine
Il la cherchoit par tout, & que pour se vanger
Au pied de ce bel Arbre il vouloit l'égorger.
Quel est le malheureux, qui n'aime point la vie
De quelque déplaisir, qu'il la trouue suiuie?

L

Et qui ſe veut ſoufmettre en ſon plus grand malheur,
A la diſcretion de l'ennemy vangeur ?
La Bergere effrayée à l'allarme premiere,
Tâchant de ſe ſauuer repaſſe la riuiere ;
Et bien loing de ces lieux , d'vn pas precipité
Fuit le couroux mortel de ce Frere irrité.
Sa fuite à ce Berger paroiſt vaine, & friuole ;
Apres elle ſoudain , il part , il court , il vole ;
Quoy que par ſa fureur aueuglement conduit ,
Du lieu de ſa retraite il eſt enfin inſtruit ;
Et tenant en ſon cœur ſa vengeance aſſeurée
Il en goutoit deſia la douceur deſirée.
Mais la mort le preuint , & ſa ſainte amitié ,
Digne d'vn meilleur ſort , ou du moins de pitié ,
Dans ſa iuſte douleur par ſon treſpas ſeduite ,
N'obtint de ſa preſſante , & penible pourſuite ,
Que de laiſſer ſon nom iuſqu'à nos iours fameux
Au lieu qui vit finir ſon deſtin rigoureux.
Helas ce n'eſt pas loin de ce Tertre fertile ,
Qui Boccage iadis d'Ardene fut l'azile.
Tout ſacré qu'il eſtoit , le Berger tranſporté
Sans doute en ſa fureur l'auroit peu reſpecté ;
En preſence des Dieux aux Manes de ſon frere ,
Il euſt ſur l'Autel meſme immolé la Bergere ;
S'ils euſſent pû ſouffrir , qu'autre bras , que le leur
Euſt vangé le ſuiet de ſa iuſte douleur.

   Race laide , & faſcheuſe , engeance deteſtable ,
Qui n'ayant rien d'humain, qui n'ayant rien d'aimable,

Voudrois que rien n'aimaſt, & que ce grand contour
Languiſt piteuſement delaiſſé par l'amour;
Vous, qui ſans vous ſentir en de cruelles geſnes,
Ne ſçaurieʒ voir deux cœurs vnis de meſmes chaiſnes;
C'eſt à vous, que ie parle, & ie vay raconter
Vn miracle ſi vray qu'on n'en ſçauroit douter;
Trop ſouuent on en void vne preuue certaine,
Et le lieu garde encor le triſte nom d'ARDENE.
Ayant du bois ſacré, par ſes lugubres cris
Et par ſes triſtes pleurs, les arbres attendris;
Les yeux deſia tous morts, plus ſeiche qu'vne Idole,
N'ayant preſque plus rien d'humain, que la parole,
Enfin par vn exceʒ de douleur, & d'amour
Elle ſe la ſentit manquer auec le iour;
Paya le vieux tribut, qu'on doit à la nature;
Et dans ce meſme lieu trouua la Sepulture.
Mais à peine la terre, auoit ſes os couuerts;
Qu'au grand eſtonnement de tout cét vniuers,
O prodige d'Amour, & de la ialouſie,
Dont tant qu'elle veſcut elle euſt l'ame ſaiſie!
Ce peu d'humidité, qui reſtoit en ſon corps
Engendre en ſon Sepulchre, & fait naiſtre au dehors,
D'inſectes importuns vn exain effroyable;
Dont iuſques à leur mort la faim inſatiable
Des arbres les plus grands depouillant les rameaux
Semble amener Decembre au ſigne des Iumeaux;
Dont le ſouffle maudit les entes empoiſonne,
Et ſeiche auec leur fleur l'eſpoir qu'elle nous donne;

 # ATHYS,

Dont le bourdonnement de trois ans en trois ans
Chasse le doux sommeil de nos fertilles champs,
Jmportune, s'acharne, & sans cesse tourmente;
Comme par sa presence, odieuse, & lassante,
Et par mille faux bruits, mechamment inuentez,
Ces malheureux Amans en furent tourmentez.
Plustost au bord des mers on conteroit l'arene,
Que dans ce lieu qui garde encor le nom d'ARDENE,
Et la peine parroist de son crime porter;
Ces exains infinis ne se pourroient conter.
Mais ce qui mieux encor prouue ce grand miracle,
Par les liens secrets d'vn inuincible obstacle,
De ces arbres sacrez, ces insectes fascheux
N'oseroient approcher les rameaux ombrageux.
Soit que par ce respect l'amoureuse Bergere
A son aymable ATHYS tasche de satisfaire,
Ou que les Dieux vangeurs veuillent qu'apres leur mort
Sa Nymphe, & luy du moins iouïssent d'vn doux sort.
    Et toy chetif ANAS, qui iamais l'eust pû croire,
Que pour auoir eu part à sa malice noire
Par foiblesse plustost, qu'auec intention;
On t'eust si cher vendu ton indiscretion?
    Ardene à ce Berger se confesse obligée;
Mais au cruel ATHYS elle s'est engagée;
Combien de malheureux l'esprouuent chaque iour!
La iustice n'est pas vne vertu d'Amour.
Voyant si peu de fruit de son crime exécrable,
Desesperé, confus, espouuanté, coupable,

Et se trouuant l'horreur des hommes, & des Dieux,
Il va cherchant par tout les plus sauuages lieux.
Son corps attenué de sa douleur extréme,
Et si changé, qu'à peine on l'eust pris pour luy mesme,
De plumes reuestu fendit enfin les airs,
Cherchant comme il faisoit les lieux les plus deserts.
Il deuint vn Oyseau comme son nom encore
Chez mille nations fait qu'aucun ne l'ignore.
En effect on peut voir, qu'encor sans babiller
D'vn endroit en vn autre il ne sçauroit aller.
C'est ce que dans ces lieux tous les ans on espreuue,
Lors qu'en si grande troupe il vient reuoir ce fleuue,
Ces ruisseaux, & ces bois aimez si cherement;
(Triste, & vain reconfort d'vn malheureux Amant.)
Mesme on dit vne chose, & dans cette contrée
Nos plus vieux Habitans souuent me l'ont iurée:
On dit que de son cry, choquant, rude, ennuyeux,
Il a si constamment persecuté ces lieux;
Qu'enfin les Neustriens nostre ville en nommerent:
Et parmy les Latins seulement luy laisserent
Le nom, que luy donna CADMVS son fondateur;
Ou CESAR qu'elle tient pour son second Autheur.

Fin du cinquiesme & dernier Chant.

tiers à l'Hoſtel Dieu de Paris, & l'autre tiers à l'Expoſant, ou au Libraire dont il ſe ſera ſeruy. De confiſcation des Exemplaires contrefaits & de tous deſpens dommages & intereſts. A condition qu'il ſera mis deux Exemplaires dudit *Poëme Paſtoral* en noſtre Biblioteque publicque, & vn en celle de noſtre tres-cher & Feal le Sieur Molé Cheualier Garde des Sceaux de France, auant que de l'expoſer en vente, à peine de nullité des preſentes. Du contenu deſquelles nous voulons & vous mandons que vous faſſiez iouïr plainement & paiſiblement ledit Expoſant & ceux qui auront ſon droit, ſans ſouffrir qu'il leur ſoit donné aucun empeſchement. Voulons auſſi que mettant au commencement ou à la fin dudit Poëme vn Extrait des preſentes, elles ſoient tenuës pour deuëment ſignifiées, & que foy y ſoit adioûtée & aux copies collationnées par vn de nos amez & Feaux Conſeillers & Secretaires comme à l'Original. MAN-DONS au premier noſtre Huiſſier ou Sergent ſur ce requis de faire pour l'execution d'icelle, tous exploits neceſſaires ſans demander autre permiſſion : CAR tel eſt noſtre plaiſir, nonobſtant clameur de Haro, Chartre Normande & autres lettres à ce contraires. Donné à Paris le dixieſme iour de May l'an de grace mille ſix cens cinquante trois, & de noſtre regne le dixieſme.

Signé. Par le Roy en ſon Conſeil, CONRART, & ſeellé.

Et ledit Sieur de Segrais a cedé & tranſporté le Priuilege cy-deſſus à Guillaume de Luyne, Marchand Libraire à Paris, pour iouïr d'iceluy ſuiuant l'accord fait entr'eux.

Acheué d'Imprimer pour la premiere fois le 7. Iuin 1653. *Les Exemplaires ont eſté fournis.*